Max Kruse

CAROLINE

Die Entscheidung

SCHNEIDER BUCH

Die Deutsche Bibliothek - CIP-Einheitsaufnahme

Kruse, Max:
Caroline / Max Kruse. - München : F. Schneider.

Die Entscheidung. - 1993
ISBN 3-505-04941-7

Dieses Buch wurde auf ein chlorfreies,
umweltfreundlich hergestelltes
Papier gedruckt.

Titelbild: Ulrike Meyne
Umschlaggestaltung: Vera Fiebig
Herstellung: Brigitte Matschl
Satz: FIBO-Lichtsatz GmbH
Druck: Presse-Druck, Augsburg
ISBN: 3-505-04941-7

1

Noch saß ihnen der Schreck in den Gliedern, noch glaubten sie den Schuß zu hören. Blutigrot war die Taube vor Caroline niedergefallen. Hatte die tödliche Kugel dem Vogel gegolten? Oder dem Kaiser Napoleon? Oder gar Caroline selbst?

Wenige Stunden waren seitdem vergangen.

Paris. Man schrieb den 6. April 1814. Die Sonne strahlte durch das schmale Fenster und warf ein helles Viereck auf den Boden. In der kleinen Stube waren drei Menschen versammelt. Eben erst waren sie Zeuge der Abdankung des mächtigsten Mannes Europas geworden. Kaiser Napoleon I. hatte sich im Hof des Schloßes Fontainebleau von seinen getreuesten Soldaten, von seiner Garde, verabschiedet. Dann hatte er eine Kutsche bestiegen und war in die Verbannung auf die Insel Elba abgereist.

Einer der drei Menschen in der kleinen Stube war Franticek Pavel, der an den anderen beiden Vaterstelle vertrat, ein schlanker, sehniger Mann mit entschlossenem, kühnem Gesicht. Und da war Paul, sein Ziehsohn, ein bildhübscher Bursche im blühenden Alter von siebzehn Jahren. Paul war gertenschlank, seine Augen blitzten, vor allem, wenn er erregt war, und das war er oft. Sein blondes Haar fiel in die Stirn, unter der die scharfgezogene Nase stand. Nur seine Lippen verrieten, daß er noch nicht ganz erwachsen war, sie waren sehr weich; aber andererseits gaben ihm die dichten Augenbrauen den Charakter einer Kühnheit, ja Wildheit, der ihm gut stand.

Und da war schließlich Caroline selbst, ihrer aller Mittelpunkt, ihre kleine Königin. In Wahrheit war sie eine bayerische Prinzessin, die um ihr Erbe betrogen worden war. Caroline war nun vierzehn Jahre alt. In knapp einer Woche wurde sie fünfzehn. Sie war kein Kind mehr, sondern schon fast eine junge Frau. Lang und lockig hingen die Haare über ihren Nacken, eine nußbraune Flut. In ihrem edlen, klaren Gesicht strahlten die Augen dunkel und glänzend wie frische Kastanien. Ihre Nase war klein, ein wenig aufgewölbt, was ihr manchmal einen trotzigen Ausdruck verlieh. Caroline war so schön wie eine Wildrose. Und sie hatte ein kleines, aber wichtiges Geheimnis, ein Zeichen der Natur, das ihre fürstliche Herkunft beweisen konnte. Das war im Tagebuch ihres Vaters nachzulesen, des Fürsten Sigbert zu Krötzingen-Waldegg. Carolines Cousin, richtiger noch: seine Frau Herta hatte Caroline heimtückisch um ihr Erbe gebracht und verfolgte sie seit vielen Jahren von Land zu Land, von Stadt zu Stadt.

Diese drei saßen an einem einfachen Holztisch in der Mitte des Zimmers. Alles in dieser bescheidenen Wohnung in einer Seitenstraße der großen Stadt

Paris war schlicht – der Wandschrank, die harten Stühle, die Kommode. Nur die Messingscheibe der Pendeluhr, die unablässig hin und her schwang, täuschte ein wenig Luxus vor.

In der untersten Schublade der Kommode lag das Tagebuch von Carolines Vater unter der Bettwäsche, sorgsam verdeckt und verborgen – wie alle dachten. Von diesem Buch hing Carolines Schicksal ab. Ohne die Eintragung unter dem Datum des 13. April 1799, Carolines Geburtstag, der zugleich der Todestag ihres Vaters gewesen war, konnte sie nichts erhoffen. Ohne dieses Buch gab es keinen Beweis für ihre fürstliche Abstammung.

Dieses Tagebuch – erst an eben diesem Morgen, als er allein im Zimmer gewesen war, hatte Paul es aus der Schublade genommen. Nachdenklich hatte er das winzige, silberne Schloß betrachtet. Um besseres Licht zu haben, war er an das Fenster getreten. Und plötzlich war ihm ein Gedanke gekommen, bei dem es ihn heiß und kalt überlief. Wie wäre es denn, dachte er, wenn ich es aus dem Fenster würfe? Dann würde es von den Hufen der Pferde zertreten und von den Rädern der Kutschen zermalmt werden. Nichts als zerfetztes Papier bliebe übrig, vom Winde rasch verweht, und der Beweis für Carolines fürstliche Herkunft wäre für immer aus der Welt. Dann gäbe es keinen Rangunterschied mehr zwischen ihr und mir ...

Aber hoffte er denn nicht auch, daß sie in ihre Rechte eingesetzt würde? Ach, er war hin und her gerissen. Gewiß, er wünschte es für Caroline und um der Gerechtigkeit willen. Aber er fürchtete es auch gleichzeitig. Er selbst war ja nur der Sohn einer Magd und eines Knechtes. Caroline aber war dann eine Fürstin, stand unendlich hoch über ihm. Sicher, jetzt betrachtete sie ihn als ihren Bruder, und sie liebte ihn wohl auch als solchen, auch wenn er es in Wahrheit nicht war. Aber dann ... Würde er sie dann nicht verlieren?

Die Französische Revolution hatte gewiß Freiheit und Gleichheit unter die Menschen gebracht, aber die Standesunterschiede waren doch nie ganz aufgehoben worden – im Königreich Bayern schon gar nicht, und jetzt, nach Napoleons Sturz, würde der europäische Adel überall wieder sein hochmütiges Haupt über den niedrigen Rest der Menschheit erheben.

Paul blickte nachdenklich hinab, wo sich die Menschen aneinander vorbeischoben. Es war sehr unwahrscheinlich, daß seine Tat jemals entdeckt werden würde. Aber weiter dachte er nicht. Voller Scham hatte er das grün gebundene Buch wieder verschlossen, in die Kommode zurückgelegt und die Wäsche sorgfältig darüber gebreitet.

An diesem Morgen jedenfalls konnte Paul sein schlechtes Gewissen noch leicht mit ein wenig Konfekt beruhigen, das er sich in den Mund schob. Er mochte Süßigkeiten. Vielleicht war das eine Folge der in Wien verbrachten Jahre. Da hatten sie bei dem Konditormeister Johannes Zapf gewohnt, und Paul hatte oft und gern in der Backstube geholfen.

Nun, seine böse Anwandlung war jedenfalls vorbei. Jetzt erinnerte er sich kaum noch daran.

Die Uhr tickte, und in dieses Ticken hinein fragte Franticek leise: „Wer war wohl der Mann, der den Schuß auf Kaiser Napoleon abgab?“

Paul antwortete sofort. „Ich könnte schwören, daß er eine schwarze Binde über seinem linken Auge trug!“

„Wie? Meinst du, es war Fürst Iwan Borowsnikof? Aber dann frage ich mich, ob er wirklich den Kaiser treffen wollte!“ rief Franticek.

„Wen denn sonst?“ fragte Caroline und wußte die Antwort doch selbst. So leise ihre Stimme auch war, so melodisch war sie doch auch.

Paul sagte: „Und da ist noch etwas! Im Hof des Schloßes Fontainebleau waren nur Napoleons Gardesoldaten angetreten, die Treuesten der Treuen. Keinem traue ich es zu, daß er ein Attentat auf seinen Kaiser verüben wollte. Ich sage euch, es war Fürst Iwan! Bedenkt, daß Caroline direkt neben Napoleon stand. Nein, der Schütze wollte nicht den Kaiser treffen, obgleich er das behaupten und sich damit wichtig machen wird. Er wollte Caroline töten! Besser konnte er es gar nicht anstellen, denn er wäre ja von allen Gerichten des neuen Frankreich und der Alliierten freigesprochen worden. Der Tod Napoleons liegt in aller Interesse, er befreit Europa von unendlichen Sorgen. Der Attentäter wäre dafür vielleicht für kurze Zeit auf eine Festung gekommen, dann aber hätte man ihn wieder freigelassen, und er hätte sich als Held feiern lassen können! Fast wäre es ihm gelungen. Nur daß ihm ein Gardesoldat noch rechtzeitig in den Arm fiel, rettete Caroline das Leben!"

Franticek murmelte: „Wir können es nicht beweisen, aber es mag wirklich so gewesen sein. Fürst Iwans Haß auf Caroline ist groß. Er hat den Auftrag der Fürstin Herta, Caroline zu beseitigen, bisher nicht erfüllen können."

„Diese angemaßte Fürstin!" rief Paul empört. „Sie ist so wenig eine Fürstin, wie ich von Adel bin! Tod über sie! Sie soll unter dem Fallbeil oder am Galgen enden!"

Caroline wehrte entschieden ab: „Ich will nicht, daß jemand stirbt, und hätte er es auch noch so sehr verdient. Nein, es gibt gar kein Verbrechen, das mit dem Tode bestraft werden sollte."

„Aber seit Jahren sind wir vor ihren Anschlägen auf der Flucht!" rief Paul widerborstig. „Seit Jahren hetzt sie uns durch Europa. Sie hat dich um alles betrogen, um deine Güter und um deine Fürstenkrone!"

„Das stimmt", meinte Caroline. „Und deshalb denke ich, daß ich diese Sache nun zu ihrem Ende und vor den König bringen sollte."

„Endlich!" rief Paul. „Endlich bereitest du dem Spuk ein Ende. Dann wirst du die Herrin auf Schloß Waldegg."

Franticek schüttelte den Kopf: „Ich rate zum Abwarten. Nur noch einige Zeit! Maximilian I. Ludwig, unser bayerischer König, ist jetzt mit viel drängenderen Problemen befaßt. Die Grenzen Europas müssen neu geordnet werden, auch Bayern wird nicht so bleiben, wie es war. Das ist das eine. Und dann frage ich mich, ob man den Richtern vertrauen kann? Ich will niemanden verdächtigen, aber Herta verfügt über unendlich viel Geld, sie hat fast unbeschränkte Möglichkeiten, und die Richter, gewiß alles aufrechte Männer, leben in sehr bescheidenen, fast ärmlichen Verhältnissen. Sie gehören nicht zu den gutbezahlten Leuten. Schon mancher hat seine Hand aufgehalten. Es würde ihre Ehrenhaftigkeit einer zu großen Versuchung aussetzen, sollten sie Hertas Reichtum widerstehen."

„Du hältst die Richter für bestechlich?"

„Ich berücksichtige nur die menschliche Schwäche."

„Ich vertraue auf unseren unwiderlegbaren Beweis", erklärte Paul. „Denn so steht es klipp und klar im Tagebuch von Carolines Vater: ‚Auf Deiner Schulter, zwischen den beiden Schulterblättern, aber etwas nach links versetzt, trägst Du ein deutliches Muttermal. Es soll Dich immer an Deine liebe Mutter erinnern, denn auch diese trug dieses seltene Zeichen – was aber nur ich wußte. Es hat die Form einer kleinen braunen Krone mit fünf Zacken. Sicher hat kein anderer Mensch ein solches Mal und ganz gewiß nicht am gleichen Ort. Ich möchte, daß Du weißt, daß dieses Mal Dich mit Deiner Mutter verbindet, und daß Du stolz darauf sein kannst, meine kleine Caroline, Prinzessin zu Krötzingen-Waldegg.'"

Sie kannten alle den Text auswendig, so oft hatten sie ihn gelesen.

„Wer sollte dagegen etwas einwenden können?“ rief Paul. „Gott selbst zeugt doch für Caroline! Das muß jeder Richter anerkennen!“

„So sagen wir, und das glauben wir auch“, erwiderte Franticek. „Aber die Advokaten kennen tausend Winkelzüge, und man hat schon oft erlebt, daß weiß plötzlich schwarz war und schwarz dafür weiß! Dann kann es sein, Caroline steht plötzlich als Betrügerin da und muß ins Gefängnis!“

„Da hole ich sie wieder heraus, und wenn ich die Gitterstäbe aufbrechen müßte“, murmelte Paul zwischen den Zähnen hervor. Insgeheim spürte er sogar einen inneren Jubel, denn er dachte, dann steht nichts mehr zwischen uns, keine Fürstenkrone.

In diesem Augenblick hörten sie draußen die Schritte von Stiefeln auf der Holztreppe. Franticek sprang auf, hatte die Hände noch auf der Tischkante, da wurde schon die Tür aufgerissen. Fünf Männer in Uniform stürmten herein, in den Händen blanke Waffen.

„Sitzen bleiben! Rührt euch nicht!“ befahl der vorderste mit schneidender Stimme. „Polizei!“

2

Eine harte Faust drückte Franticek nieder. Degenspitzen richteten sich gegen sie. Paul und Caroline saßen still, aufgerichtet, sie begriffen nichts.

„Durchsucht alles", befahl der Offizier.

Zwei der Männer machten sich gleich an die Arbeit. Sie rissen den Schrank auf, und alle Kleider flogen heraus. Viele Sachen hatten Franticek, Paul und Caroline ja nicht. Aber alles wurde durchsucht und durchwühlt.

„Erklären Sie!" rief Franticek. „Das muß ein Mißverständnis sein!"

Der Offizier wandte sich ihm zu. „Sie stehen im Verdacht, mit Napoleon konspiriert zu haben. Sie sind nicht die einzigen! Alle Parteigänger Napoleons werden jetzt untersucht. Lange schon wurde dieses Haus beobachtet. Immer wieder kam bei Dunkelheit ein vermummter Mann zu euch. Dieser Mann war Alexander Helmbold, wir kennen ihn wohl. Er ist ein Vertrauter Napoleons gewesen. Ja, wir wissen alles! Eines nachts holte euch eine Kutsche mit dem kaiserlichen N auf dem Wagenschlag ab und brachte euch aufs Schloß Fontainebleau. Und noch etwas: Dieses Mädchen war es, das unserem Polizeipräsidenten ein Empfehlungsschreiben des gestürzten Kaisers vorlegte, wollt ihr das leugnen?"

„Keineswegs“, antwortete Franticek. „Aber das läßt sich leicht erklären, und es ist kein Verbrechen!“

„Nun, es wird sich alles aufklären“, erklärte der Polizist. „Wir können jedenfalls keine konspirativen Nester in Paris dulden. So viele gekrönte Häupter sind jetzt in unserer Stadt, sogar Seine Majestät Zar Alexander von Rußland – und bald wird auch unser neuer König einziehen.“

Franticek zuckte hilflos mit den Achseln. Er war sicher, der Spuk würde rasch vorbei sein.

Zwei der Gendarmen hatten sich über die Kommode gebeugt und die Schublade herausgezogen. Sie drehten sie um und schütteten alles aus: Bettwäsche, Handtücher, Schals, Blusen, Handschuhe. Aber es gab auch einen Schlag.

„Hier“, rief einer der Polizisten. Trimphierend hob er ein Buch auf, das in dunkelgrünes Leder gebunden war.

„Mein Tagebuch!“ rief Caroline.

Paul stieß einen Schreckensruf aus. Franticek wollte aufspringen, aber schon legte sich ihm eine Hand auf die Schulter.

Der Offzier ließ sich das Buch reichen und versuchte es zu öffnen, aber das Silberschloß war eingeschnappt.

„Wo ist der Schlüssel?“

„Aber das Buch hat rein privaten Charakter!“ rief Franticek. „Es ist nur eine Erinnerung und enthält nichts, was Sie interessieren könnte.“

„Das entscheiden andere Leute“, sagte der Offizier.

Circus Roncalli

Diese neue Buchreihe entstand in Zusammenarbeit mit dem Circus Roncalli. Und sie verspricht: Zirkusluft, Manegenzauber, Spannung und Clownerie.
Circus Roncalli 1993 auf Tournee in Aachen, Kassel, Wien und München.

Herbert Friedmann
Der Regenbogen hat sieben Farben
Circus Roncalli, Bd. 1
Zum Geburtstag eine Eintrittskarte für den Circus Roncalli? Kinderkram! ärgert sich Bastian. Noch ahnt er nicht, daß ihn diese Eintrittskarte in eine Welt voller Abenteuer führt. Best.-Nr. 4666
12,80/ÖS 99,–

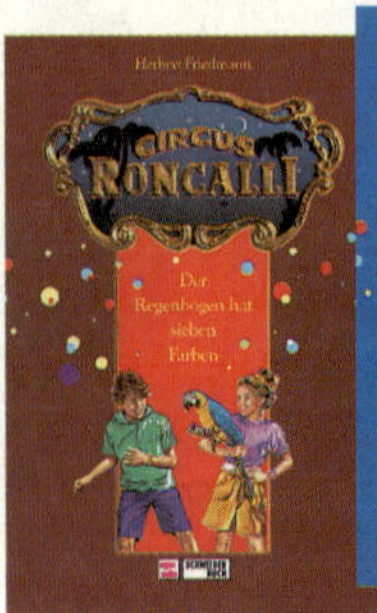

ab 10

ab 10

Herbert Friedmann
Seifenblasen platzen lautlos
Circus Roncalli, Bd. 2
Als Gewinner eines Malwettbewerbs verbringt Bastian eine aufregende und schöne Zeit im Circus Roncalli.
Best.-Nr. 4816
12,80/ÖS 99,–

Hans G. Franciskowsky
Tiger in Gefahr!
Auf den Spuren bedrohter Tiere, Bd. 5
Sara und Sebastian sind entsetzt: sogar solche majestätischen Tiere wie die indischen Tiger sind vom Aussterben bedroht.
Best.-Nr. 4876 9,80/ÖS 79,–

ab 8

Tierbücher

Günter Huth
Vorsicht, Hundefänger!
Tierfreunde im Einsatz, Bd. 1
Sebastian und seine Freunde versuchen alle um den Hund „Tiger" zu finden. Hoffentlich ist nicht auch er dem Hundefänger in die Fa gegangen. Best.-Nr. 4804 9,80/ÖS 79,–

ab 10

ab 8

ab 8

Günter Huth
Noch mal Schwein gehabt
Tierfreunde im Einsatz, Bd. 2
Das Schweinchen „Ringelchen" sorgt für heilloses Durcheinande so daß seine Besitzer e wieder loswerden wollen: ein Fall für unsere Tierfreunde.
Best.-Nr. 4805
9,80/ÖS 79,–

Susan Clymer
Ein Ziegenkind braucht ein Zuhause
In der kleinen Ziege „Tobi" findet das Mädchen Dani einen Freund. Doch Tobi soll geschlachtet werden. Kann Dani das Ziegenkind retten?
Best.-Nr. 4845 9,80/ÖS 79,–

ab 12

Gianni Padoan
Tottoi und die Mönchsrobbe
Die junge Mönchsrobbe „Zabaione" und der 14jährige Tottoi werden unzertrennliche Freunde. Noch ahnt Tottoi nichts von der Gefahr, die seinem neuen Freund droht ...
Best.-Nr. 4725 12,80/ÖS 99,–

PFERDEBÜCHER

Walter Farley
Blitz bricht aus, Bd. 5
Alec verliert bei einem Unfall sein Gedächtnis. Dann ruft der Schrei eines wilden Hengstes Erinnerungen in ihm wach. Eine abenteuerliche Suche beginnt ...
Best.-Nr. 4852 12,80/ÖS 99,–

Walter Farley
Blitz legt los, Bd. 6
Durch einen Brand auf der Farm ist großer finanzieller Schaden entstanden. Alec setzt alle Hoffnungen auf die Stute Black Minx, die den großen Preis gewinnen soil. Als die Stute verliert, begreift Alec, daß es ohne Blitz nicht geht.
Best.-Nr. 4853
12,80/ÖS 99,–

Jo Pestum
Lenas neue Freunde
Der Pferdehof im Münsterland, Bd. 1
Lange Jahre stand der alte Pferdehof leer. Doch jetzt ziehen Lena, ihr Bruder Pit, die Eltern und der Wuschelhund Ronja von der Stadt aufs Land. Und schon beginnen die Abenteuer!
Best.-Nr. 4759 10,80/ÖS 85,–

Jo Pestum
Der geheimnisvolle Schimmel
Der Pferdehof im Münsterland, Bd. 2
Lena und ihre Freundin Annette mögen sich, doch sie streiten sich auch. Aber das ist bald vergessen, denn abenteuerliche Ereignisse warten auf die beiden Freundinnen.
Best.-Nr. 4760 10,80/ÖS 85,–

Helga Wegener-Olbricht (Hrsg.)
Mein Pony ist mein bester Freund
Spannende, heitere und nachdenkliche Geschichten von Ponys und Pferden, den besten Freunden und Begleitern der Kindheit – erzählt von bekannten Autoren.
Best.-Nr. 4834
12,80/ÖS 99,–

Ursula Isbel
Winterstürme, Frühlingsluft
Pferdeheimat im Hochland, Bd. 5
Vergessen sind die kalten Wintertage. Ein besonderes Ereignis und der Duft nach wilden Kräutern lassen Laurie den Tag vor ihrem siebzehnten Geburtstag nie vergessen.
Best.-Nr. 4833 10,80/ÖS 85,–

Erika Hein
Wenn wir Freunde wären
Corinna liebt Pferde, und sie hat alles, was sie sich wünscht. Doch erst nach dramatischen Ereignissen begreift sie, wie wichtig Freundschaft und Verständnis füreinander sind.
Best.-Nr. 4484 10,80/ÖS 85,–

Pferdesachbücher der Extraklasse

Diese Bücher sind ein Muß für begeisterte Pferdefreunde und Reiter und alle, die es werden wollen.

Uta Over
So verstehst du dein Pferd
Der Schlüssel zum wahren Pferdeverständnis: Wer seinen geliebten Vierbeiner wirklich verstehen will, muß dieses Buch gelesen haben. Denn nur wer sein Pferd versteht, kann sein Vertrauen gewinnen. Und nur durch Vertrauen entsteht echte Harmonie. Mit vielen Farbfotos und Zeichnungen.
Best.-Nr. 4773 24,80/ÖS 199,–

Edel Marzinek-Späth
Ich lerne reiten
Schritt für Schritt
zum guten Reiter
Die gründliche Reitausbildung von der ersten Longenstunde bis zum sicheren Ausritt. Mit zahlreichen Fotos und Illustrationen. Ein Buch für die Praxis – die ständige Begleitlektüre für junge Reiter und solche, die es werden wollen. Best.-Nr. 4859 24,80/ÖS 199,–

Eine neue Reihe über besondere Pferderassen: **Die Traumpferde der Welt!** Spannend und einfühlsam erzählt!

Holger Heck
Haflinger
Traumpferde der Welt
Eine Geschichte über die Entstehung der Haflinger: Auf einem Südtiroler Bergbauernhof wird in der Christnacht 1876 ein Haflingerfohlen geboren. Das Stutfohlen wächst zu einem wunderschönen Pferd heran, das seiner Rasse alle Ehre macht.
Best.-Nr. 4768 24,80/ÖS 199,–

Holger Heck
Appaloosa
Traumpferde der Welt
Ein alter indianischer Schamane, ein weiser Mann, erzählt dem jungen Amerikaner Jeff die Geschichte des einstmals großen Stammes der Nez Percé. Untrennbar mit diesen Indianern ist die Geschichte ihrer berühmten Pferde verbunden – der edlen, gefleckten Appaloosas.
Best.-Nr. 4769 24,80/ÖS 199,–

ab 13

ab 13

Ann Brandon
Liebe made in USA
Sweet Sixteen, Bd. 2
Christina ist zum ersten Mal in Amerika. Eigentlich wäre alles prima, doch sie ist unglücklich verliebt. Aber sie ist fest entschlossen, für ihr Glück zu kämpfen. Best.-Nr. 4855 9,80/ÖS 79,–

ʌnn Brandon
arissas
ntscheidung
weet Sixteen, Bd. 1
arissa verliebt sich Hals über Kopf in Felix. ʌber auch Daniel läßt ihr Herz höher schla-en. Beide Jungen kämpfen um Larissas iebe. Best.-Nr. 4869 9,80/ÖS 79,–

ab 13

Gaby Schuster
Halt mich fest
in deinen Armen!
Kuschelrock
Tom, zwanzig Jahre, blondes Haar, graublaue Augen, stark und sensibel – ein Mann zum Festhalten. Hals über Kopf verliebt sich Tanja in ihn. Doch bald schon läuft alles schief. Die Mißverständnisse häufen sich und scheinen alles zu zerstören. Best.-Nr. 4878 14,80/ÖS 119,–

ab 13

Brigitte Blobel
Die Neue, mein Bruder und ich
Gefühlssachen
Von ihrer neuen Klassenkameradin Annabelle ist Ronja fasziniert. Annabelle hat alles, was sie nicht hat: sie ist schön, hat erste Erfahrungen mit der Liebe, und die Jungens fliegen nur so auf sie – auch Ronjas Bruder, der doch eigentlich mit Katja befreundet ist. Verrat und Eifersucht haben schlimme Folgen ... Best.-Nr. 4877 12,80/ÖS 99,–

ab 13

ab 13

Barbara Wersba
Ich gehe meinen Weg!
Hanna beschließt, eigene Wege zu gehen. Sie zieht von zu Hause aus und gründet die „Hundehilfe". Damit kommen natürlich auch einige Probleme auf sie zu. Wenn doch nur jemand da wäre, der ihr ein bißchen beisteht. Best.-Nr. 4668 14,80/ÖS 119,–

ma Krauß
as rote Seil
ɹch das noch! Gerti muß zusammen it ihren Eltern Ferien auf einem deutschen Camping-atz machen und jeden Tag für die Schule büffeln. Bei nem Spaziergang stößt sie auf ein rotes Kletterseil – ɪd damit auf einen jungen Mann namens Newton. est.-Nr. 4788 14,80/ÖS 119,–

ABENTEUER-BÜCHER

Peter Kuntze
Unterricht im Hexenhaus
Die verflixte 7b, Bd. 5
Die verflixte 7b entdeckt die geheimnisvolle Vergangenheit ihres Heimatstädtchens. Best.-Nr. 4881
9,80/ÖS 79,–

ab 8

ab 10

Rainer M. Schröder
Vampire kauen keine Knoblauchzehen oder Der Kapuzenmann
Pizza-Bande, Bd. 25
Ein Unschuldiger wird verdächtigt. Das kann di Pizza-Bande nicht zulassen. Sie versucht, den Täter auf eigene Faust z überführen. Best.-Nr. 47
9,80/ÖS 79,–

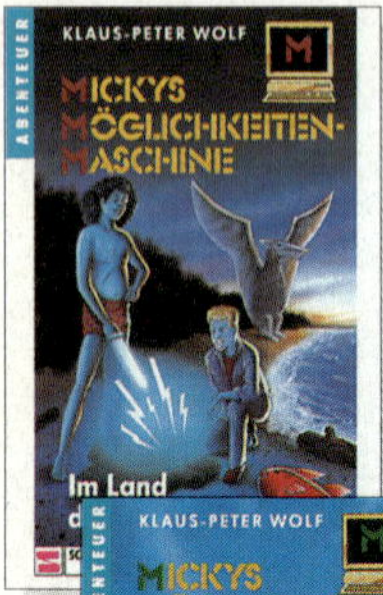

Klaus-Peter Wolf
Im Land der Ugar-Ugar
Mickys Möglichkeiten-Maschine, Bd. 1
Im Alltag ist Mickys Vater ein ziemlicher Versager. Aber an seiner Möglichkeiten-Maschine, einem Schreibcomputer mit allen Schikanen, ist er der Star. Eines Tages macht sich Micky am Computer zu schaffen und landet in einer fantastischen Zauberwelt.
Best.-Nr. 4850 9,80/ÖS 79,–

ab 8

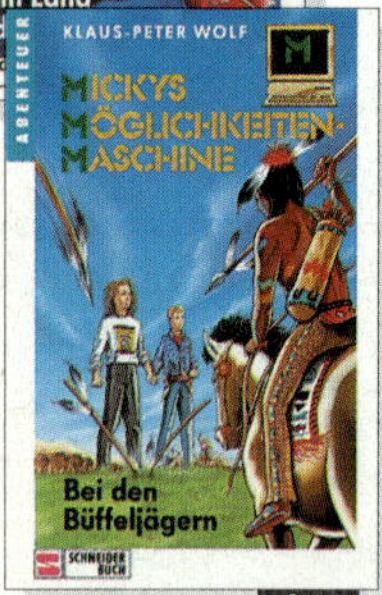

ab 12

Klaus-Peter Wolf
Bei den Büffeljägern
Mickys Möglichkeiten-Maschine, Bd. 2
Die Möglichkeiten-Maschine verbannt Micky und seinen Pa ins Land der Büffeljäger. Dort müssen sich die beiden als Indianer bewähren. Best.-Nr. 4861
9,80/ÖS 79,–

Ursel Scheffler
Kommissar Kugelblitz
Sammelband 2
38 lustige und spannende Fälle gibt es zu lösen. Zusammen mit Kommissa Kugelblitz und euren Spürnasen sicherlich kein Problem. Wie immer bestätig euch die beiliegende rote Wunderfolie die Lösung.
Best.-Nr. 4933
19,80/ÖS 149,–

Klaus-Peter Wolf
Die Nacht im Geisterwald
Drei tolle Nullen, Bd. 9
Die „Drei tollen Nullen" finden ihr Zeltlager verwüstet vor. Aber sie wissen schon, wie sie es den Randalierern heimzahlen. Opfer ihrer nächtlichen Spukattacke wird allerdings auch Schuldirektor Dr. Nußbaum. Best.-Nr. 4712
9,80/ÖS 79,–

ab 10

ab 10

Peter Weissflog
Wolly auf Schatzsuche
Wolly Cosmopolly, Bd. 6
Der Südseejunge Wolly und seine Freunde sind fest entschlossen, eine alte Geldkiste in einem Schiffswrack aufzubrechen. Kein ganz ungefährliches Unternehmen ...
Best.-Nr. 4711 9,80/ÖS 79,–

FANTASIA

Theo Schwartz
Papi lernt reiten
Bibi und Tina, Bd. 3
Vater Blocksberg wird von Graf Falkenstein zur Fuchsjagd eingeladen. Doch dazu muß er erst einmal reiten lernen. Natürlich hilft Bibi ein wenig nach ...
Best.-Nr. 4879 10,80/ÖS 85,–

ab 8

Theo Schwartz
Das Zirkuspony
Bibi und Tina, Bd. 4
Bibi und Tina sind fest entschlossen, ein Zirkuspony zu retten, das der Zirkusdirektor zum Schlachter geben will. Mit Bibis Hexenkünsten hat er nicht gerechnet.
Best.-Nr. 4880
10,80/ÖS 85,–

ab 8

Kevin Kay
Das Wundertier aus Mexiko
Der Axolotl, Bd. 1
Stefan, Julia und Michi kommen aus dem Staunen nicht heraus. Diesmal hat ihnen Käpt'n Brause etwas ganz Besonderes mitgebracht: einen Axolotl. Aber keinen gewöhnlichen – nein, dieser Lurch besitzt übersinnliche Fähigkeiten.
Best.-Nr. 4698
10,80/ÖS 85,–

ab 8

Kevin Kay
Der Zauberkünstler
Der Axolotl, Bd. 2
Mit einer Fünf in Mathe scheint Stefans Traum von einem Mountainbike endgültig ausgeträumt. Aber der Axolotl weiß Rat. Auf dem Wettbewerb der Magier zaubern sich die beiden das ersehnte Fahrrad einfach herbei.
Best.-Nr. 4699
10,80/ÖS 85,–

ab 8

2,– DM aus dem Erlös des Buches kommen krebskranken Kindern zugute!

PROMINENTE ERZÄHLEN FÜR KINDER

Ein außergewöhnliches Buch, denn die Geschichten schrieben viele Prominente aus der Unterhaltungsbranche, aus Politik, Sport und Medizin. Die Illustrationen sind von bekannten Zeichnern. Alle verzichteten auf ein Honorar, um mit dieser Aktion krebskranken Kindern zu helfen.

Horst Jüssen (Hrsg.)
Prominente erzählen für Kinder
Best.-Nr. 4857 19,80/ÖS 149,–

SONDER-AUSGABEN

Bekannte und beliebte Erzählungen als preiswerte Sammelbände. Jedes Buch kostet nur 12,– /ÖS 95,–.

Evelyne Kolnberger/
Margot Kreuter/Danica Langenstein
Mein Glück macht große Sprünge
Drei spannende Pferdegeschichten: Heiter und ernst, mit viel Pferdeliebe, Freundschaft, Ferienerlebnissen und Verliebtheit. Best.-Nr. 4785 12,–/ÖS 95,–

Lynn Hall/Lisbeth Pahnke/Diana Pullein-Thomson
Ich wünsche mir ein Pferd
Dies sind die Geschichten dreier Mädchen und ihrer Pferde. Ihre Schicksale ist sind eng miteinander verbunden.
Best.-Nr. 4937 12,–/ÖS 95,–

Klaus-Peter Wolf
Drei tolle Nullen und ihre Abenteuer
Der erste Sammelband dieser beliebten Serie. Mit Clubkarte! Best.-Nr. 4934 12,–/ÖS 95,–

Marie Louise Fischer
Wenn's im Schwindeln Noten gäbe
Tessie und Dany sind im Schwindeln und Sichdurchmogeln unschlagbar. Bis eines Tages alles auffliegt und auch sie nicht mehr um die Wahrheit herumkommen.
Best.-Nr. 4938
12,–/ÖS 95,–

Margot Kreuter
Sandra – Neue Fälle für die junge Detektivin
Mit einer Riesenportion Mut und Grips sind Sandra und Joschi wieder in drei unheimlich spannende Kriminalfälle verwickelt. Ob sie den Tätern auf die Spur kommen?
Best.-Nr. 4899
12,–/ÖS 95,–

Tina Caspari
Katja tanzt ins Leben
Katja findet sich unattraktiv, obendrein nerven sie Schule, Eltern, ihre Brüder und noch einiges mehr. Wie gut, daß es Petra gibt, die Katja immer wieder auf den Teppich bringt. Die beiden verbindet eine besondere Leidenschaft: das Tanzen. Best.-Nr. 4900 12,–/ÖS 95,–

„Geben Sie mir den Schlüssel, sonst wird das Schloß aufgebrochen."

Franticek griff unter seinen Kragen und zog ein silbernes Kettchen hervor. Daran hing der winzige Schlüssel. Er nahm ihn ab und reichte ihn dem Offizier. Dieser nahm ihn und befahl seinen Leuten: „Abmarsch!"

Die Männer ließen alles so, wie es war, und schritten zur Tür. Der Offizier grüßte nicht einmal.

„Wann bekommen wir das Buch zurück", rief Franticek. Tiefe Sorge klang in seiner Stimme.

„Das geht mich nichts an, ich habe keinen weiteren Befehl", antwortete der Offizier. Die fünf Polizisten verließen die Stube. Ihre Stiefel trommelten die Treppe hinab.

„Mein Gott, unser einziger Beweis!" rief Paul. „Nun ist alles verloren." Hatte er vergessen, daß er am Morgen noch selbst in Versuchung gewesen war, das Buch zu vernichten?

3

Der Schreck lähmte sie. Sie saßen schweigend um den Tisch. Caroline ließ den Kopf sinken und zeichnete die Maserung der Holzplatte nach. Ihr kastanienbraunes Haar fiel über ihre Schulter nach vorn und verhüllte eine Hälfte ihres Gesichts.

Wie hübsch sie ist, dachte Paul.

2 4941-12

Keiner stand auf, um die verstreuten Sachen wieder aufzulesen und in die Kommode, in den Schrank zurückzuordnen. Man hörte nur den tickenden Schlag der Pendeluhr. So verging einige Zeit.

„Nur Mut! Gebt die Hoffnung nicht auf", meinte Franticek endlich. „Das Tagebuch hat ja gar keinen Wert für die Polizei. Wir werden es wiederbekommen."

„Aber wann? Jetzt haben wir es nicht. Nun müssen wir in Paris bleiben, bis wir es zurückerhalten", rief Caroline. „Ach, manchmal wünschte ich, es gäbe dieses Buch gar nicht!"

Paul merkte auf. Ja, dachte er, wenn sie es nie mehr wiederbekäme ... Wünschte sie vielleicht selbst, keine Prinzessin zu sein und nie eine Fürstin zu werden?

Wieder hörten sie Schritte. Aber es waren die Schritte eines einzelnen Mannes. Gleich stand er in der Tür.

„Habe ich euch gefunden!" rief er lachend.

„Baron de Montalembert", sagte Franticek erstaunt.

„Louis." Caroline lächelte.

„Ich wollte euch noch einmal sehen", sagte der Baron. Er war ein gutaussehender Mann mit aristokratischem Gesicht. Er trug eine Lederjacke über braunen Hosen und schwarzen Stiefeln. Sein rechter Arm wurde von einer dunklen Binde gehalten, die ihm ein verletzliches Aussehen gab.

„Nun hat sich für mich alles gewendet", erklärte er. „Ihr wißt ja, wie sehr ich Napoleon haßte. Nun ist dieser Spuk vorbei, Gott sei Dank!"

„Du hast es mir erzählt, Louis", sagte Caroline. „Dir ist übel mitgespielt worden. Deine Eltern und deine liebste Zwillingsschwester starben in der Revolution unter dem Fallbeil. All euere Güter wurden euch fortgenommen."

„Ich werde sie wiederbekommen!" rief der Baron. „Und mein ganzes Leben wird sich ändern. Ach, ich gebe es ja zu, und ich schäme mich deswegen, ich bin ein Spieler gewesen. Aber das entsprach nicht meiner wahren Natur, sondern es geschah aus Verzweiflung über mein Schicksal. Ich habe mich von Fürst Iwan Borowsnikof übertölpeln lassen und Caroline aus Paris entführt, gewiß, aber ich habe mich endlich doch von ihr überzeugen lassen und bin ihr Freund geworden, ihr Freund fürs Leben. Und als solcher stehe ich jetzt vor euch! Und nun kann ich euch auch helfen! Frankreich wird wieder einen König aus dem Hause der Bourbonen bekommen. Ich werde eine hohe Stellung in der neuen Pariser Gesellschaft und in der Regierung einnehmen. Und das ist es auch, was mir den Mut gibt, um Carolines Hand anzuhalten ..."

Das kam so unvermittelt, daß alle verblüfft schwiegen.

„Ja", fuhr der Baron fort und streckte die Hand nach Caroline aus, „werde meine Frau! Ich weiß, heute bist du noch zu jung dazu. Aber ich werde auf dich warten. Und im nächsten Jahr, wenn du sechzehn geworden bist, können wir heiraten. Ich will es dir jetzt schon sagen, daß ich dich liebe!"

„Ach, Louis", flüsterte sie, indem sie seine Hand

ergriff, freilich nur an den Fingerspitzen und um ihn nicht zu verletzen. „Ach, Louis, es ist doch wirklich zu früh ..."

„Aber ihr werdet Paris doch jetzt verlassen. Und du mußt vorher wissen, daß ich dich zur Frau begehre, auch wenn du die Ansprüche auf dein Fürstentum nicht durchsetzen kannst. Überlege doch, dann würdest du zwar keine bayerische Fürstin werden, wohl aber eine französische Baronin. Caroline de Montalembert – klingt das nicht gut? Und ich gehe sogar noch weiter: Schütze dein Leben! Erkläre in aller Öffentlichkeit, daß du keine Ansprüche auf den Fürstenthron erhebst. Nur so kannst du dich retten! Gib den Kampf auf!"

Paul starrte den Baron mit weit aufgerissenen Augen an. Er war nicht nur verblüfft, er war entsetzt und sogar wütend über diesen Antrag. Fast bedauerte er, daß er ihm nur diese Wunde am Arm beigebracht und ihn nicht erdolcht hatte, vor wenigen Tagen, bei dem Kampf vor dem Wasserschloß.

„Gib mir Zeit, Louis", bat Caroline.

„Wenn du mich nur nicht ohne Hoffnung läßt!"

„Ich verspreche nichts, aber ich danke dir", sagte sie aufrichtig. Eine anmutige Röte überflog ihre Wangen. Dann fuhr sie fort: „Eines aber ist gewiß, meine Ansprüche gebe ich nicht auf. Ich kämpfe ja nicht nur für mich allein, ich tue es auch für die anderen. Franticek und Paul sollen es einmal besser haben und sorgenfrei leben können."

„Ach, für mich ... für mich soll es bestimmt nicht

sein", rief Paul aus vollem Herzen. „Aber für die Gerechtigkeit! Es darf doch nicht sein, daß die Verbrecherin Herta und der Verbrecher Miko ihr Glück bis an ihr Lebensende genießen können."

„Nicht immer ist Reichtum ein Glück", murmelte Franticek.

Der Baron gab sich zufrieden. „Mehr konnte ich heute wohl nicht erwarten", meinte er. „Und wenn es denn so sein soll, dann verspreche ich euch, mich für Caroline einzusetzen, nicht nur hier in Paris, sondern auch beim König von Bayern."

„Danke", erwiderte Franticek. „Aber wir haben jetzt viel unmittelbarere Sorgen. Ihr seht uns in Verzweiflung!" Er berichtete, was eben vorgefallen war.

Der Baron hörte aufmerksam zu. Zornesfalten bildeten sich auf seiner Stirn. „Das Tagebuch ist also weg", rief er. „Das ist freilich schlimm! Im Grunde hoffe ich natürlich auch, daß sich das an Caroline begangene Verbrechen nun rasch aufklären läßt und daß ich ihr als einer bayerischen Fürstin huldigen kann. Die Polizei also ..."

„Ein Offizier mit vier Männern."

„Dann weiß ich Rat! Laßt mich nur machen. Aber ich brauche Zeit, bis ich an Einfluß gewonnen habe." Montalembert wandte sich Caroline und Franticek zu. „Ich verlasse euch jetzt, wenn auch ungern. Ich muß nun viele Dinge regeln, ich muß mich um meine Angelegenheiten kümmern. Das liegt auch in eurem Interesse. Ich verspreche euch, daß ich mich auf die Suche nach dem Tagebuch machen werde, sobald ich kann. Immer wird man es mir nicht vorenthalten können. Es enthält ja keine Staatsgeheimnisse. Das wird man erkennen. Aber eigentlich befürchte ich etwas anderes ..."

„Was?"

„Schlamperei", erklärte der Baron. „Wer weiß, wo das Buch hingerät, unter welchen Aktenstößen es verschwindet und verstaubt. Ich sehe ganze Berge von beschlagnahmten Dokumenten: Aufzeichnungen, Geheimberichte, Protokolle, Verträge, Abmachungen, Briefe ... Papier, Papier, Papier – für das sich bald niemand mehr interessiert. So ist es immer. Das ist unsere Bürokratie. Nun, hoffen wir trotzdem! Ich unternehme bestimmt alles, was möglich ist!"

„Dann bin ich beruhigt", sagte Caroline.

„Wir sind Euch dankbar", erklärte Franticek.

„Laßt mich nur immer wissen, wo ihr euch aufhaltet", bat der Baron. „Habe ich das Buch wieder, wird es bei mir so sicher aufgehoben sein, als läge es im Tresor der Bank von Frankreich." Er warf einen Blick auf die Pendeluhr. „Nun muß ich leider gehen!"

Doch er kam nicht dazu.

4

Plötzlich war unbemerkt wieder ein Herr ins Zimmer getreten. Er mochte etwa vierzig Jahre alt sein. Er trug einen grauen Hut mit schwarzem Band, den er beim

Eintreten abnahm, so daß sein Haar sichtbar wurde, das an den Schläfen zarte, graue Schimmer zeigte. Das verlieh ihm ein vornehmes Aussehen. Er war wie zu einer Reise gekleidet. Über der Schulter trug er den kurzen grauen Umhang, der jetzt Mode war.

„Alexander!" Caroline warf sich an seine Brust. Er schloß sie in seine Arme.

„Wie schön, dich gesund zu sehen", rief er, indem er sie an sich zog und sich gleich wieder von ihr löste. „Ich machte mir so große Sorgen um dich! Dieser Schuß!"

„Es ist nichts geschehen! Aber daß du noch einmal kommst!" rief Caroline froh. „Ich dachte schon, daß du bereits mit dem Kaiser nach Elba abgereist wärest."

„Ich fahre in einer Stunde", erwiderte Alexander. Nun bemerkte er den anderen, ihm fremden Mann in der Stube. Er fragte: „Habt ihr einen Gast?"

„Baron de Montalembert", erklärte Franticek. „Wir erzählten ja von ihm."

„Carolines Entführer – und nun ihr Freund", murmelte Alexander. Es war nicht klar, ob es freundlich oder ablehnend klingen sollte.

Montalembert neigte sein Haupt. „Und Ihr seid Alexander Helmbold, Carolines Vormund, wie ich vermute." Seine Stimme war belegt, es lag Zurückhaltung in ihr, sogar unterdrückter Zorn.

Caroline spürte die Spannung, die leicht in Feindschaft umschlagen konnte.

„Ja, ich bin Alexander Helmbold, Baron", erwiderte

dieser. „Es ist mir recht, daß ich Euch noch kennenlerne, bevor ich reise.“

Die beiden Männer maßen sich mit prüfenden Blicken.

Schließlich sagte Louis de Montalembert: „Monsieur, verstehen Sie meine Zurückhaltung! Sie standen in Napoleons Dienst ...“

„Das tue ich noch jetzt“, erwiderte Alexander kühl.

„Ja, Sie sind vielleicht sogar sein Freund, ein Freund Napoleons, den ich haßte und hasse, und den ich mich immer geweigert habe Kaiser zu nennen. Von daher müßte Feindschaft zwischen uns herrschen.“

Alexander hatte seine Arme vor der Brust verschränkt und hielt den Kopf gesenkt.

Eine Pause des Schweigens entstand, bis Alexander schließlich sagte: „Ich verstehe, daß Sie so denken und daß Sie so fühlen, Baron. Man hat Ihnen grausam mitgespielt, Ihnen und Ihrer Familie. Aber bedenken Sie, daß dies alles vor der Zeit Napoleons geschah und daß es unter seiner Regierung zu weiterem Schrecken nicht mehr gekommen ist. Ich habe Napoleon auch von einer anderen Seite kennengelernt als Sie. Jedoch finde ich, wir sollten uns, was ihn betrifft, auf eine gegenseitige Neutralität einigen. Sie haben mir schließlich auch etwas abzubitten. Sie haben Caroline mit dem Tode bedroht ...“

Der Baron zuckte zusammen. „Das ist wahr“, murmelte er. „Es ist wahr, ich leugne es nicht, und ich bereue es tief. Ich schäme mich dafür. Aber sie hat mir vergeben. Und bedenken Sie meine schlimme

Lage damals. Ich habe meine Konsequenzen daraus gezogen. Heute bin ich Caroline ergeben und bereit, alles, alles für sie zu tun!"

„So schlage ich Ihnen vor, wir beide schließen zunächst einen Waffenstillstand, auch wenn es noch kein Frieden ist. Seien wir keine Feinde, was immer uns auch trennen mag. Was geschehen ist, ist geschehen. Heute vereint uns eine große Aufgabe – verhelfen wir Caroline zu ihrem Recht, auf welcher Seite wir auch stehen mögen."

Der Baron nickte. Und wenn man genau hinsah, so erkannte man, daß sich spinnwebenfeine Falten des Lächelns an seinen Mundwinkeln bildeten.

Diesen Augenblick erspürte Caroline. Sie trat zwischen die Männer und streckte in einer beschwörenden Geste ihre Arme nach beiden Seiten aus. Und sie sagte, indem sie zuerst den Baron, dann Alexander anblickte: „Reicht euch die Hände! Seid Freunde!"

Da hob Alexander seine Hand Caroline entgegen, und der Baron tat das gleiche mit seinem gesunden linken Arm. Caroline führte ihre Hände zusammen und legte sie aufeinander.

„Möge unsere Versöhnung ein Symbol sein, mögen sich auch die anderen Menschen, die Völker und Staaten wieder verbinden und vereint in die Zukunft schauen", sagte Alexander.

„Ja, blicken wir vorwärts!" rief Montalembert. „Blikken wir vorwärts, als Franzosen und als Menschen. Und was uns beide betrifft, Monsieur Alexander, so vereint uns dieses bezaubernde Mädchen. Ich behaupte, es ist nicht nur ein schöner, es ist auch ein würdiger Grund."

Alexander erwiderte den Händedruck. So war es besiegelt, und ein Hindernis war aus dem Wege geräumt.

„Ich bin froh", rief Caroline.

Franticek nickte: „Ich ebenfalls."

Nur Paul schwieg. Es stimmte zwar, er konnte es nicht verhindern, daß seine Augen freudig leuchteten, denn der Augenblick hatte etwas Bezwingendes. Paul konnte sich dieser Versöhnung nicht entziehen. Aber trotzdem spürte er wieder seine Eifersucht, Eifersucht auf beide, auf Montalembert, den er schon einmal fast getötet hätte, und auf Alexander. Nie konnte er es vergessen, wie Alexander Caroline im Arm gehalten hatte, damals, nach der Audienz bei Napoleon, wie er Caroline angeblickt hatte – und eben wieder. Das war mehr, viel mehr gewesen als ein väterliches Gefühl. Nicht viel hätte gefehlt, damals, und die beiden hätten sich geküßt! Mußte er nicht in beiden, in Alexander und Montalembert, Rivalen sehen? Beide standen zwar in einem väterlichen Alter zu Caroline, aber geschah es nicht oft, daß junge Mädchen ältere Männer heirateten? Und beide Männer standen im gesellschaftlichen Rang über ihm, über Paul. Montalembert war von Adel, bot sich da eine Verbindung nicht geradezu an? Und wenn man die beiden Güter zusammenlegte, das bayerische der Fürsten von Krötzingen-Waldegg und das französische des Barons Montalembert ... Was wäre das für ein Besitz! Und Alexander? Nun, Alexander war kein Adliger, aber er war doch aus einem Bürgerstand, der dem Adel fast ebenbürtig war. Vor allem in München waren die Helmbolds angesehen, angesehener fast als manch kleiner, verarmter Graf. Und Alexander verband eine lebenslange Fürsorge, eine immerwährende Zuneigung mit Caroline.

So dachte Paul. Alles wirbelte durch seinen Kopf. So fühlte er, und Gefühle können noch tausendmal stärker sein als Gedanken. Aber rasch war es vorbei. Die Wirklichkeit wischte alles andere fort.

„Lebt wohl!" Baron de Montalembert reichte zuerst Alexander die linke Hand, danach Franticek, zuletzt Paul. Paul hätte ihm am liebsten nur zugenickt, mochte dem Baron seinen Händedruck dann aber doch nicht verweigern, schon gar nicht vor Carolines Augen. Doch was dann kam, ließ ihn seine Freundlichkeit fast bedauern. Der Baron legte nämlich seinen linken Arm um Caroline, ganz so, als wäre sie sein Besitz, und er drückte sie an sich und küßte sie auf beide Wangen. Sie hielt still, lächelte sogar – und es kam Paul vor, als sei es ein Lächeln der Wehmut. Tat es ihr leid, sich von ihm zu trennen?

Aber gleich riß sich der Baron los, drehte sich um und schritt aus der Tür. Er schloß sie hinter sich, man hörte seine verklingenden Schritte auf der Treppe.

5

Alexander sah zu Boden. Was mochte in ihm gerade vorgehen, was hatte er eben empfunden? Ja, es war, als läge wieder ein Schatten auf seinem Gesicht.

Und es war auch, als bereitete es ihm eine geheime Genugtuung, als er nun sagte: „Wir waren uns ja schon darin einig, daß ihr Paris verlassen müßt! Hier seid ihr nicht sicher. Ihr habt es eben noch einmal erlebt. Kaum hat Napoleon die Stadt verlassen, macht man schon Jagd auf alle, die auch nur die geringste Verbindung zu ihm hatten. Doch das ist es nicht einmal, was ich am meisten fürchte ..."

„Sondern?"

„Bayern ist unter den Siegermächten. Die bayerischen Truppen unter dem Befehl des Feldmarschalls Fürst Wrede sind in Paris einmarschiert. Herta ist im Königreich Bayern eine mächtige Persönlichkeit. Sie wird es nicht aufgeben, Caroline zu verfolgen. Man wird sie hier suchen, auch Fürst Iwan, dieser Gauner, ist mit Sicherheit weiter hinter Caroline her, in Hertas Auftrag. Bleibt ihr in Paris, habe ich keine Sekunde Ruhe."

„Aber wäre es nicht doch am besten, gleich in die Höhle des Löwen zu gehen, nach München zu König Maximilian?" rief Caroline. „Komm mit uns, Alexander!" Ihre Stimme hatte etwas Flehendes.

Alexander schüttelte den Kopf. Er legte ihr den Arm um die Schulter. „Ihr wißt, daß ich das nicht kann. Ich habe versucht, meinen Dienst beim Kaiser zu quittieren. Aber er läßt mich noch nicht gehen. Ich muß ihm auf die Insel Elba folgen."

„Wie lange?" Caroline senkte den Kopf.

„Ich weiß es nicht, Kind. Es mag Monate, es mag sogar ein Jahr dauern. Ich habe noch wichtige Aufgaben zu erledigen, Niederschriften, die Napoleon keinem anderen anvertrauen will. Ist das erledigt, bin ich frei. Dann komme ich gleich zu dir."

„Und bis dahin?" fragte Franticek.

„Geht nach Wien", erwiderte Alexander. „Geht in eure alte Wohnung, wo ihr schon einmal einige gute Jahre gelebt habt. Ihr kennt dort die Leute, ihr kennt euren Hauswirt, wie hieß er doch gleich ..."

„Zapf! Zapfs kaiserliche Hofkonditorei", antwortete Caroline. Jetzt lächelte sie. „Da kann Paul wieder in der Backstube helfen. Er ist ja schon ein halber Zukkerbäcker geworden."

Franticek nickte: „Ja, bald kann er Geselle werden."

Paul hob abwehrend die Hände: „Ich knete doch nur, weil es mir Spaß macht!"

„Ja, du spielst Konditor und rollst fleißig Marzipankugeln", rief Caroline lachend.

Franticek ging nicht auf die Neckerei ein, er fuhr fort: „Und Meister Zapfs Tochter Annemirl, das liebe Mädchen, ist nun sicher den Kinderschuhen entwachsen und eine junge Dame geworden."

„Nun, ihr seht, daß ihr dort wie daheim seid", erklärte Alexander. „Besser seid ihr nirgends aufgehoben. Nehmt wieder eure alten, geänderten Namen an, die ihr auch damals benutzt habt, wie sie Meister Zapf kennt ..."

„Ich bin wieder Franz Pannitz", sagte Franticek.

„Und ich Peter", erklärte Paul.

„Und ich heiße wieder Claudia", sagte Caroline. „Eigentlich tut es mir weh, die netten Leute zu belügen."

„Aber ihr müßt sehr vorsichtig sein", sagte Alexander. „Nehmt die nächste Postkutsche. Sobald ich kann, folge ich euch. Dann sehen wir weiter. Wir werden kämpfen! Ich werde dann sicher nach München und Krötzingen reisen. Ich muß vor allem mit unserem Freund, dem Notar Kaltenegger, sprechen. Er wird mir sagen können, wie die Dinge stehen, was die falsche Fürstin Herta unternommen hat und was der König denkt. Er wird mir auch raten, wie wir am besten vorgehen."

„Aber das Tagebuch ..."

„Das müssen wir haben! Jedoch können wir das getrost Baron de Montalembert überlassen. Ich vertraue ihm!"

Alexander nahm nun Abschied, und Paul hatte noch einen Anflug von Eifersucht, denn Alexander begnügte sich wieder nicht damit, Caroline die Hand zu geben. Wie denn? Konnte er etwa hinter Baron de Montalembert zurückstehen? Er nahm das zierliche Mädchen in die Arme und hielt es lange, fast zu lange. Sie schmiegte sich an ihn.

Oh, er soll gehen und niemals zurückkehren! schoß es Paul durch den Kopf. Dann wurde er rot wegen der Schlechtigkeit seiner Gedanken. Und gleich darauf war er überrascht und gerührt, weil Alexander auch ihn umarmte.

„Schreibt mir nach Paris. Ihr kennt die Adresse, unter der ich immer erreichbar bin", bat Alexander. „Berichtet mir, wie es euch geht und was ihr erlebt! Ich hoffe, nur Gutes!"

War es vielleicht doch ein Abschied für immer? Wer konnte denn wissen, was das Schicksal für ihn bereithielt in diesen unsicheren Zeiten.

6

Damals war Paris der Mittelpunkt der Welt. Auf den Straßen hörte man alle Sprachen, sie mischten sich in das lebhafte Reden, Plaudern, Schwatzen, Lachen und Singen der Franzosen. In diesen sonnigen Frühlingstagen war Paris eine fröhliche Stadt. Gewiß, es gab Leute, die dem Glanz des Napoleonischen Kaiserreiches und seinen Siegen nachtrauerten. Aber in der Mehrzahl waren die Menschen glücklich, daß die Kriege vorbei waren, daß nun Friede sein würde, Friede ... Oft hörte man Rufe wie: „Es lebe unser König, nieder mit Napoleon!"

Die Bürgersteige quollen über von Menschen. Jeder schien draußen sein zu wollen, Damen und

Herren, Frauen und Männer, Mägde und Knechte, Greise und Kinder. Alle waren, je nach ihrem Rang, elegant oder bunt gekleidet. Weite Röcke wehten, Frackschöße wippten, Stöckchen wurden geschwungen. Auf den Straßen drängten sich die Kutschen und Kaleschen, die Chaisen, Einspänner, Coupés und Cabriolets mit ihren Pferden, den Rappen, Falben, Braunen, Schimmeln und Schecken. Dazwischen suchten die derben Wagen mit Lasten ihren Weg, mit Kisten oder Bierfässern. Und Bauern drängten mit Frühgemüse zum Markt.

Was aber das fröhliche Bild vor allem bunt machte, das waren die vielen prächtigen Uniformen der Soldaten. Jetzt trugen sie keine Felduniform mehr, jetzt hatten sie sich wie zur Parade herausgeputzt, vor allem die Offiziere. Man sah die Kosaken des russischen Zaren, die Musketiere des preußischen Königs, die Grenadiere der Bayern und die Infanteristen des österreichischen Kaisers. Degen schwangen in Gehängen, Federbüsche wippten auf Tschakos, Hände flogen salutierend nach oben, Grüße klangen hin und zurück.

Ein junger Mann ging in der Menge, er schien in Eile zu sein. Er trug die Paradeuniform eines bayerischen Fähnrichs, eine weiße Hose zu schwarzen Stiefeln, einen grünen Rock mit roten Aufschlägen, rotem Kragen und weißen Knöpfen. An seiner Seite wippte ein Degen, er trug eine Pistole im Bandelier-Halfter. Die Mädchen drehten sich nach ihm um. Viele lachten ihn an, ganz unwillkürlich, denn es ging etwas bezwingend Fröhliches von ihm aus. In seinen Augen lag ein unwiderstehlicher Charme. Er lächelte und summte vor sich hin. Er war glücklich, daß der Krieg vorbei war. Er freute sich darauf, bald heimzukehren in das kleine, elterliche Schloß im bayerischen Schwaben. Nun, Schloß war ein übertriebener Ausdruck, Rauteneck war ein bescheidenes Herrenhaus, an dem der Efeu emporrankte. Seine Eltern gehörten zum bescheidenen bayerischen Landadel, der sehr genau rechnen und sich nach der Decke strecken mußte.

Das änderte aber nichts daran, daß sich dieser Soldat des Lebens freuen konnte, besonders jetzt, wo der Krieg vorüber war. Er hieß Dietmar von Rauteneck, der junge Mann mit den markant hervortretenden Backenknochen, mit dem feingezeichneten, goldblonden Schnurrbart über der Oberlippe und den weizenblonden Haaren, über denen der Federbusch wippte. Er drehte sich grüßend um, denn es war eine ältere Dame in blauer Robe an ihm vorbeigegangen, die ihm zugelächelt hatte. Da stieß er, da er nicht nach vorne blickte, versehentlich mit einem jungen Mädchen zusammen. Dieses kam ins Stolpern, ein geflochtener Korb voll bunter Frühlingsblumen fiel auf den Boden, die Sträuße verteilten sich, verstreuten sich auf den Steinen, das Mädchen stieß einen Schreckensruf aus. Geistesgegenwärtig fing er sie auf und verhinderte, daß auch sie stürzte.

„Oh, pardon, Mademoiselle“, rief er in fließendem, fast akzentfreiem Französisch.

3 4941-12

Die junge Dame errötete. Für einen Moment lag sie an seiner Brust, dann siegte das Anstandsgefühl, und sie löste sich. Aber in ihren Augen lag kein Vorwurf, im Gegenteil, es war, als ob sie ihn anstrahlte, und er strahlte zurück.

„Pas de quoi, Monsieur, es ist nichts, gar nichts, nein, gewiß, es war allein meine Schuld! Warum war ich so unachtsam!"

„Ich muß mich entschuldigen", sagte er noch einmal.

Wie mit Blut übergossen stand sie vor ihm. Aber nun sah sie bestürzt zu Boden, auf ihre Blumen. „Ich wollte sie verkaufen ... Ich muß sie verkaufen, wir leben davon", ergänzte sie leise und kauerte sich rasch nieder.

Sofort bückte auch er sich. Er half ihr, die Sträuße aufzulesen und in den Korb zurückzuordnen. Es zeigte sich, daß der Schaden nicht groß war, die Blumen waren unversehrt.

„Verkaufen Sie mir fünf Sträuße, Mademoiselle, und – noch einmal – verzeihen Sie mir", sagte er.

Nun lächelte sie. Dietmar von Rauteneck suchte sich seine Blumen aus, er nahm fünf Bündchen und bezahlte zehn. Er blickte sich um und sah, daß er vor einem Süßigkeitengeschäft stand. „Warten Sie", rief er dem Mädchen zu und verschwand schnell in der Confiserie. Bald kehrte er mit einem Kästchen Schokoladengebäck zurück. Indem er es ihr überreichte, nahm er sich selber ein Stück und sagte: „Ich liebe Süßigkeiten, Sie auch? Sie trösten über so vieles hinweg, besonders, wenn man einen Schrecken erlebt hat!"

Sie nickte. Er nahm ihre Hand und führte sie an seinen Mund.

Nun aber lief sie davon. Und es war wie eine Flucht vor sich selbst.

Mit leuchtenden Augen ging er weiter. Er teilte die Sträuße aus, wahllos, links und rechts, an Frauen, Mädchen und Mägde, wie sie ihm entgegenkamen. Man stutzte wohl, wunderte sich, dankte und freute sich.

Dann, nicht lange danach, blieb er abrupt stehen. Eine Szene hatte ihn aufmerksam gemacht, die sofort seinen Zorn und sein Mitleid erregte. Am Straßenrand stand ein Bauernwagen, der hoch mit Balken beladen war. Das Pferd war davor zusammengebrochen, es lag, halb auf die Vorderhand gestützt, die Kruppe auf der schlaffen Hinterhand. Seine Rippen traten scharf hervor, struppiges, ungepflegtes Fell umschloß seinen Körper, die Mähne war grau und zerzaust, es war ein halb verhungertes und entkräftetes Geschöpf. Ein derber Kerl schlug wütend auf das Tier ein, in dessen dunklen, feuchten Augen die ganze Angst und Qual der geschundenen Kreatur zu lesen war.

Eine Menschengruppe hatte sich am Bordstein zusammengefunden, neugierige Zuschauer. Alle gafften nur, keiner griff ein.

„Halt!" herrschte Dietmar von Rauteneck den Mann an. Dieser ließ überrascht die Peitsche sinken, von der Kraft der Stimme bezwungen.

Der bayerische Fähnrich beugte sich zu dem Tier nieder. Mitleidig strich er ihm über die Stirn. Dann befühlte er aufmerksam die Unterschenkel und Hinterbeine. „Ein Fesselgelenk ist gebrochen“, erklärte er schließlich. „Ich kenne mich mit Pferden aus. Das Tier ist ausgeglitten und unglücklich gestürzt. Ihr habt ihm zuviel zugemutet. Es ist nicht mehr zu retten! Es leidet nur unnötige Qualen!“

Der Mann fing sofort zu brüllen an, daß das Roß nur faul sei, er kenne das schon, und wieder wollte er auf das Tier einschlagen.

Da packte Dietmar von Rauteneck den Mann am Handgelenk. In stummem, sekundenlangem Kampf, Arm gegen Arm, drückte er ihn langsam nieder. Er wand ihm die Peitsche aus der Faust und schleuderte sie auf die Straße. Dann trat er vor das Pferd. Er zog seine Pistole aus dem Futteral.

„Armes Tier“, murmelte er. „Ich tue es nur, um dich von deiner Qual zu erlösen.“ Er zielte kurz und genau zwischen die Augen, der Schuß peitschte, das Tier stürzte zusammen. Der junge Mann steckte die Waffe in das Halfter zurück.

Der Besitzer des Pferdes erhob ein klagendes, durchdringendes Geschrei: „Das ist mein Ende! Ihr habt mich ruiniert!“

Der Fähnrich schaute den Kerl mit einem Blick an, der diesen sofort zum Schweigen brachte. Dann griff Dietmar von Rauteneck in die Tasche unter seinem Brustaufschlag und nahm eine Münze heraus, die den Wert des Pferdes weit überstieg. „Nimm“, sagte er, und nun klang Mitleid mit dem Bauern in seiner Stimme, den er noch eben der Grausamkeit beschuldigt hatte. Er wußte, was der Besitz eines Pferdes für diesen armen Teufel bedeutete. „Nimm und schweig", sagte er. „Davon kannst du dir mehr als ein neues Pferd kaufen, ein gesundes, kräftiges. Und behandle es besser als dieses!"

Bewundernde, zustimmende Zurufe wurden laut. Ein Kind, ein Mädchen, warf Dietmar ein Kußhändchen zu. Der Bauer griff nach dem Geld, erkannte seinen Wert, bückte sich sofort und griff nach Dietmars Hand, um sie zu küssen. Dieser entzog sie ihm. „Nicht doch!" murmelte er. Dann ging er.

Beifall klang hinter ihm her.

7

Nach wenigen Minuten erreichte Dietmar von Rauteneck ein Palais, dessen Fassade mit Halbsäulen geschmückt war. Er schaute an dem Gebäude empor, wußte, daß es das gesuchte war, und betrat das breite Portal. Bayerische Soldaten, Wachen mit Gewehren, salutierten. Er stieg die breite Treppe empor. Vor einer geschnitzten Eichentür im Obergeschoß saß ein Offizier am Schreibtisch. Dietmar meldete sich mit seinem Namen. „Ich bin zum Feldmarschall befohlen!"

Der Offizier nickte. „Sie werden erwartet, Fähnrich!“ Er winkte, und die breite Tür wurde geöffnet. Dietmar trat ein. Wenig später stand er dem Oberbefehlshaber der bayerischen Truppen, Feldmarschall Fürst Wrede, gegenüber.

Es war ein geräumiger Saal mit hohen Fenstern, an deren Seiten rote Samtvorhänge hingen und sie halb verdeckten, so daß das Licht gedämpft hereinfiel. Der Feldmarschall saß an einem schmalen, mit Papieren bedeckten Tisch. Fürst Wrede unterzeichnete Befehle.

Dietmar von Rauteneck nahm sein Tschako ab, klemmte es unter den linken Arm, salutierte und blieb mit gespreizten Beinen, sehr aufrecht, vor dem Tisch stehen.

Der Feldmarschall blickte auf. Er sah dem jungen Mann lange ins Gesicht und nickte dann.

„Fähnrich von Rauteneck“, begann er zu sprechen. Seine Stimme war kraftvoll und befehlsgewohnt. „Sie müssen verschwiegen sein. Über das, was Sie hier von mir erfahren, darf kein Wort über Ihre Lippen kommen.“

Dietmar von Rauteneck blickte seinen Feldherrn offen, aber auch erstaunt an.

„Dies ist ein Befehl“, fuhr der Feldmarschall fort, „ein Befehl, den unser König, Seine Majestät Maximilian I. Ludwig Ihnen durch mich persönlich erteilt. Was ich Ihnen sage, wird Sie zunächst verwundern, betrachten Sie es aber als eine Auszeichnung, daß gerade Sie ausgewählt wurden. Ich kenne Sie, Ihre Ehrenhaftigkeit und auch Ihre Eltern. Seiner Majestät ist äußerst daran gelegen, daß sein Auftrag mit größter Delikatesse ausgeführt wird. Wir wollen diese Sache lautlos aus der Welt bringen."

Dietmar von Rauteneck hatte angenommen, einen militärischen Befehl zu bekommen, aber dies klang nicht danach.

„Ich will gleich zur Sache kommen", sagte der Feldmarschall. „Sie sollen ein junges Ding suchen, eine Dirne, die den Ruf hochgestellter Persönlichkeiten unseres bayerischen Königreichs befleckt. Gerade heraus, es handelt sich um den Fürsten Miko zu Krötzingen-Waldegg und seine Gemahlin Herta. Das bösartige Mädchen, dessen wir habhaft werden wollen, behauptet, von den Fürstlichkeiten um ihr Erbe betrogen worden zu sein. Alles dummes Zeug natürlich. Sie erzählt, sie habe Anspruch auf den Fürstenthron, sie sei in Wahrheit die Prinzessin Caroline zu Krötzingen-Waldegg. Natürlich kann der König es nicht zulassen, daß der Ruf so angesehener, ihm treu ergebener Untertanen beschädigt wird. Dieses Mädchen reist in Begleitung eines jungen Burschen und eines zweiten Mannes, eines böhmischen Abenteurers, der angibt, die Waise an Kindes Statt aufgenommen zu haben. In Wahrheit will er nur an ihr Geld. Und sie ist eine ganz abgefeimte Lügnerin, die ihrer gerechten Strafe zugeführt werden soll. Gegenwärtig scheinen sich diese drei in Paris aufzuhalten. Sie heißen ... warten Sie ..." Der Feldmarschall blätterte in seinen Papieren und hob eines auf. Er las: „Sie heißen Franticek Pavel sowie Paul und Caroline.

Merken Sie sich die Namen gut!"

In Dietmars Zügen mischten sich Verwunderung mit einer gewissen, nicht zu verbergenden Abneigung. „Verzeihung, mein Feldmarschall, aber warum gerade ich?" fragte er in seiner offenen Art.

„Wir brauchen jemanden, auf den wir uns völlig verlassen können. Seine Majestät will, daß die Sache diskret aus der Welt geschafft wird. Begreifen Sie, die wahre Fürstin hat ein Recht darauf, daß ihr guter Name nicht beschmutzt wird. Und wenn Sie sie kennen würden, würden Sie für sie ins Feuer gehen, denn sie ist eine wunderschöne Frau! Ich fühle mich ihr persönlich verbunden, ich war mehrfach Gast in ihrem Stadtpalais und draußen in Schloß Waldegg. Ich habe dort rauschende Feste erlebt. Allerdings, seine Durchlaucht Fürst Miko ist krank, sehr krank sogar, und muß auch deshalb vor Aufregungen bewahrt werden. Ich nehme großen Anteil an beider Schicksal. Haben Sie also kein Mitleid mit der frechen Dirne! Man wird ihr keinen öffentlichen Prozeß machen, seine Majestät hat es sich vorbehalten, die Sache höchstselbst zu klären und über ihr weiteres Schicksal zu bestimmen."

„Was kann ihr geschehen?"

„Nun, sie tut Ihnen doch wohl nicht leid, Fähnrich? Ein eingebildetes, freches Ding von niederem Stand."

„Mein Fürst, ich bitte untertänigst um Vergebung, aber ich bin nicht in die Armee eingetreten, um Spitzel zu werden."

Der Feldmarschall richtete sich halb auf. Seine Augen blitzten zornig. „Fähnrich!" rief er. „Sie stehen im Dienst des Königs! Nicht jedem kann die Majestät eine so heikle Aufgabe übertragen. Sie wird nur eine kurze Episode in Ihrem Leben sein, und man wird Ihnen dafür danken. Wenn diese Sache erledigt ist, warten andere, ehrenvolle Aufgaben auf Sie. Befreien Sie das Fürstenpaar zu Krötzingen-Waldegg von diesem lästigen Insekt. Und sparen Sie nicht! Geld spielt keine Rolle, die Fürsten zu Krötzingen-Waldegg sind reich, sehr reich, sie kommen für alle Kosten auf!"

Noch immer zögerte der Fähnrich. Er überlegte. Aber er wußte, Ablehnung stand ihm nicht zu. Er hatte dem König, seinem Souverän, Gehorsam bis in den Tod geschworen. Sicher würde diese unschöne Aufgabe nicht lange Zeit erfordern. Er nahm Haltung an und sagte: „Zu Befehl, Feldmarschall!"

Fürst Wrede nickte: „Gut! Ich habe es nicht anders erwartet. Finden Sie das Mädchen und ihre Helfershelfer. Es ist auch ein gewisser Alexander Helmbold aus München in die Angelegenheit verstrickt ..."

„Wie? Vom Bankhaus Helmbold?"

„Ja, der Sohn des alten Bankiers. Auch er möchte sich wohl einen Anteil an dem riesigen Vermögen ergaunern!"

„Wenn es so ist ... Ich werde tun, was ich kann!"

„Suchen Sie nicht nur in Paris, es könnte sein, daß diese Leute die Stadt verlassen werden, nachdem Napoleon, ihr Gönner ..."

„Kaiser Napoleon war ein Gönner der Dirne?"

„Ja, er schrieb ihretwegen einen Brief an unseren

König. Sie sehen, welche Kreise die Sache bereits gezogen hat. Sie soll nun auch endgültig erledigt werden. Forschen Sie also auch in den Poststationen, lassen Sie sich die Liste der Reisenden geben ... Aber wozu sage ich Ihnen das. Sie sind klug genug, selbst zu wissen, wie Sie das Mädchen finden können. Sie brauchen nicht zu eilen, Diskretion ist wichtiger als Hast! Sie haben Zeit, solange die kleine Gaunerin keinen neuen Ärger erregt. Vermeiden Sie jedes Aufsehen und heften Sie sich an ihre Fersen, beobachten Sie sie, notieren Sie, was sie äußert. Sie sollen später auch als Zeuge aussagen. Bis dahin sind Sie vom Dienst beurlaubt. Wenn die Zeit dafür gekommen ist, dann benachrichtigen Sie mich, damit ich das kleine Luder verhaften lasse!"

Wenig später stand der Fähnrich Dietmar von Rauteneck wieder auf der Straße, im lebhaften Verkehr, im Lärm, Geschwätz, Räderrollen, Hufschlag, Peitschenknallen. Er kniff die Augen zusammen. Die Sonne blendete ihn. „Ein verrückter Auftrag", murmelte er. „Aber wenn ich einer schönen Fürstin helfen kann – warum nicht? Warte nur, du kleines, freches Biest, dich kriege ich schon."

Caroline ... Caroline ... dachte er, um sich den Namen einzuprägen.

Allerdings genoß er auch den Tag. Und er wollte umsichtig zu Werke gehen, mochte auch der Sommer darüber verstreichen.

Er dachte darüber nach, wo er mit seinen Nachforschungen beginnen sollte. Da fielen ihm die Pariser

Gassenjungen ein. Er wußte, daß niemand geeigneter dazu war, ihm zu helfen, als diese abgerissenen, flinken Kerlchen. Sie brauchten alle Geld. Und sie lungerten überall herum, in den Straßen, auf den Plätzen, vor den Gasthäusern und in den Poststationen.

8

Zur gleichen Zeit saß Herta, Fürstin zu Krötzingen-Waldegg, im Münchner Stadtpalais an ihrem kostbaren Schreibtisch, der mit Intarsienarbeiten geschmückt war. Herta war eine verwirrend reizvolle Frau, aber ihre Schönheit war kalt, sie erwärmte das Herz nicht. Dennoch – ihr Anblick konnte betören. Sie trug ein lindgrünes Kleid, das nach der Mode sehr hoch geschnürt war. Ihre blonden Haare waren aufgesteckt.

Die Fürstin Herta schrieb. Die Feder flog über das Papier. Ihr Adressat war Fürst Iwan Borowsnikof, der sich zur Zeit in Paris aufhielt: *Mein Freund*, schrieb sie, *wir müssen nun noch vorsichtiger sein als bisher. Der König selbst hat sich meiner Sache angenommen. Er vertraut mir, aber er will, daß die Wahrheit ans Licht kommt. Ich fürchte mich nicht vor seinen Untersuchungen, denn das Mädchen hat ja keine Beweise. Ich selbst habe den einzigen Beweis vernichtet ...*

Die Fürstin hielt inne. Sie sah zurück in die Vergangenheit, sie sah sich vor dem Kamin stehen und das Tagebuch des Fürsten Sigbert Blatt für Blatt in die Flammen werfen, wo sich die Seiten zusammenringelten und vom Feuer verzehrt wurden.

Was sie freilich nicht wußte, war, daß sie damals nur eine Abschrift verbrannte, die der Notariatssekretär Kaltenegger sorgsam angefertigt hatte, während er das echte Tagebuch für Caroline aufbewahrte.

Die Fürstin schrieb weiter. *Noch immer wünsche ich, daß der Teufel das Mädchen holt. Aber wenn jetzt auch nur der leiseste Verdacht auf mich fiele – auf uns, mein Freund –, so könnte mir das bei König Maximilian sehr schaden und ihn vielleicht doch mißtrauisch machen. Ich muß makellos vor ihm erscheinen, wie gekränkt in meiner Unschuld. Überlegt also, wie das Mädchen aus der Welt geschafft werden kann. Aber es muß wie ein Unfall aussehen oder wie der tödliche Ausgang einer schweren Krankheit. Gelingt dies nicht, dann ist es besser, wenn die Dirne arretiert und vor Seine Majestät gebracht wird. Einen Haftbefehl dazu kann ich jederzeit besorgen, auch für ihre Helfershelfer.*

Sie signierte nur mit dem Buchstaben H, benutzte zwar Siegellack, um das Blatt zu verschließen, hütete sich aber davor, ihren Siegelring, das fürstliche Wappen, in die heiße, rote Masse zu drücken. Falls der Brief in falsche Hände geriet, sollte niemand die Absenderin erraten können.

Sie klingelte nach Eugen. Der treue Kammerdiener, nun schon im Dienst ergraut, erschien in seiner grünen Livree. Er nahm das Schreiben auf einem silbernen Tablett entgegen und versprach, dafür zu sorgen, daß es unverzüglich zur Münchner Poststation gebracht wurde.

Herta erhob sich. Mit energischen Schritten, wie beflügelt, ging sie hinüber in den anschließenden Blauen Salon, der seinen Namen von der blauen Seidentapete mit den eingestickten Goldfasanen trug. Hier ruhte ihr Gatte, Fürst Miko, auf einer Liege mit hoher Rückenlehne. Er hatte die Beine hochgezogen, den Oberkörper abgestützt. Sein Gesicht war bleich, die Wangen eingefallen, die Augen traten auffällig und fiebrig leuchtend hervor. Seine Lippen waren geschminkt, er trug, nach alter Mode, die er nicht ablegen wollte, noch eine weiße Perücke. Das mochte aber auch sein, weil seine Haare sehr dünn geworden waren und nach und nach ausfielen. Er durfte sich gar nicht mehr kämmen lassen, sonst war der Kamm voller Büschel. An seiner linken Hand, auf dem knöchernen Finger, trug er den Wappenring, dessen Stern rot leuchtete.

„Daß du kommst ...“, murmelte der Fürst. „Meine Medizin ...“, bat er seine Gemahlin. Er schluckte würgend und faßte sich an den Hals.

Mit angewidertem Gesichtsausdruck goß Herta dunkelroten Portwein in ein Kristallglas und zählte die Tropfen dazu. Sie reichte ihm den Trunk. Während er gierig danach griff, ließ sie sich auf einem Stuhl ihm gegenüber nieder. Stürbest du doch, dachte sie. Wenn ich dir nun andere Tropfen ins Glas gäbe, wie leicht wäre das. Das Schicksal hat mich wahrhaftig mit dir bestraft. Du hättest das Gut wohl heruntergewirtschaftet, wenn ich nicht alles mit fester Hand zusammengehalten hätte. Aber jetzt brauche ich dich noch. Den letzten Kampf mußt du mit mir bestehen. Danach ... Nun, wer wußte schon, was dann geschah. Was für eine ganz andere Gestalt war doch der kühne, unerschrockene Fürst Iwan Borowsnikof. Mit ihm in Paris und aller Fesseln ledig, befreit auch von der Angst, ihre Schuld könnte doch noch ans Licht kommen – das wäre eine Zukunftshoffnung.

Manche Hoffnungen erfüllen sich, aber auf andere Weise, als man denkt.

Fürst Iwan jedenfalls genoß das Leben in den Pariser Salons und ließ sich als ein Mann feiern, der die Welt von dem Tyrannen Napoleon hatte befreien wollen – auch wenn sein fehlgegangener Schuß jemand ganz anderem gegolten hatte.

9

„Daß ihr wieder hier seid, wieder in Wien und wieder bei uns, ach, ich freue mich!" rief Annemirl Zapf. Sie war ein junges Mädchen im blühenden Alter, gerade siebzehn Jahre. Ihre blonden Haare hatte sie, als Zopf geflochten, wie eine Krone um ihren schmalen Kopf gewickelt. Ihre helle Haut schimmerte wie Marzipan. In ihrem geblümten Kleid, dessen weiter Saum um die zierlichen Knöchel wehte, half sie ihnen, das wenige Gepäck aus der Kutsche in die Stuben zu tragen, die schmale Treppe empor. Es war nicht viel, ein großer Koffer, den Franticek hob, wobei der Droschkenkutscher mit anpackte, einige Strohkörbe, mit denen sich Paul abplagte, und zwei Reisetaschen.

Franticek hatte den Fiaker bei ihrer Ankunft in Wien gleich an der Poststation gemietet, die im Außenbezirk am Stadtrand lag. So führte sie die ratternde Fahrt durch die belebten Straßen der Stadt, zwischen den hohen Häusern und grünbelaubten Bäumen hindurch in das Viertel, in dem sich *Johannes Zapfs kaiserliche Hofkonditorei* befand. Die kannte hier jeder, und erst recht jeder Kutscher. Die Luft umwehte sie mild, die Wiener sangen in den Wirtshausgärten: „Wenn's Mailüfterl weht!" Und so war es ja auch.

Froh sah sich Caroline in der Stube mit den honiggelben Möbeln um. Sie fühlte sich gleich wieder daheim. Vier Jahre hatten sie schon einmal in diesen Räumen verbracht, alle drei, Caroline, Franticek und Paul, und hatten sich, wenn sie sich unter Fremden befanden, mit den angenommenen Namen angeredet: Franz, Peter und Claudia. Sie hatten ihre richtigen Namen nur verwendet, wenn sie allein in der Stube waren, obwohl sie sich mit dem rundlichen Johannes Zapf – er war Witwer – und seiner Tochter Annemirl angefreundet hatten. Zehn Jahre alt war Caroline gewesen, als sie in Wien angekommen waren, vierzehn, als sie es wieder verließen. Eine entscheidende Zeit, wichtige Jahre. Und eine friedliche Zeit, denn sie waren hier vor allen Verfolgungen sicher gewesen. Diese gute Erinnerung schaffte auch Vertrauen für die zukünftigen Wochen oder Monate, bis Alexander Helmbold ihnen folgen würde, wenn er Napoleon auf der Insel Elba verlassen konnte – für immer!

So kannten sie sich alle gut aus in dieser Stadt, die bald zur wichtigsten Metropole der Diplomatie in Europa werden sollte.

Aber bis dahin vergingen Monate, der Sommer verblühte. Der Herbst färbte die Blätter. Sie lebten ein stilles, unauffälliges Leben. Von Zeit zu Zeit schrieb Franticek an Alexander Helmbold und berichtete ihm von ihren Erlebnissen, schrieb, daß es ihnen gut ging.

Und so war es auch. Alles nahm einen guten Verlauf. Paul hatte Meister Zapf gefragt: „Darf ich wieder in der Backstube mithelfen?"

Und der Konditormeister hatte geantwortet: „Natürlich, Peter. Wenn du willst, bilde ich dich aus. Du bist ja nun alt genug. Dann könntest du einmal die Gesellenprüfung ablegen und Meister werden." Was Johannes Zapf noch dabei dachte, verschwieg er. Er mochte diesen Peter, das heißt Paul.

„Ich helfe eigentlich nur, weil es mir Spaß macht", warf dieser ein.

Aber Franticek gab zu bedenken: „Wirklich, du bist nun siebzehn Jahre alt, da ist es höchste Zeit, einen Beruf zu erlernen. Überleg es dir also!"

Paul hatte nicht widersprochen. Nur insgeheim dachte er, daß er eigentlich doch nicht Konditor werden wollte, denn ein Konditormeister und eine fürstliche Prinzessin – wie ging das zusammen?

Vielleicht ging es aber besser zusammen, als er jetzt annahm, denn es zeigte sich, daß Meister Zapfs Geschäft zu großer Blüte gekommen war. Er hatte sehr viel mehr zu tun als früher. Er konnte es kaum noch schaffen. So mußte jetzt auch Annemirl immer öfter beim Bereiten der süßen Köstlichkeiten zur Hand gehen, für die er berühmt war. Sie war daher glücklich, als Caroline fragte: „Und ich? Darf ich im Laden beim Verkauf helfen?"

Franticek erlaubte es nach einiger Überlegung, wenn auch mit Überwindung, denn er sagte sich, daß er Caroline nicht ständig in der Stube halten und vor der Welt, vor dem Leben bewahren konnte. Er gab also seine Zustimmung in der Hoffnung, daß Alexander bald kommen würde. Dann änderte sich alles von Grund auf.

Es hatte sich sowieso schon mehr geändert, als bereits sichtbar wurde und als sie ahnten.

Paul half also beim Teigkneten für Butterkuchen, er half Annemirl, Torten mit Zuckerguß zu garnieren, und rollte zähflüssige Schokolade zu den beliebten *Zapfs Wiener Konfektkugeln* zusammen, während Caroline oft im viel zu engen, bunten Laden Kunden bediente, mit ihnen redete, sie beriet und ihnen Pistazien und Konfekt, kleine Kuchen und Zuckersterne abwog. Grün waren die Holzregale gestrichen, mit goldenen Schnörkeln verziert, darauf standen bunte Porzellandosen nebeneinander, teils rund wie Fäß-

4 4941-12

chen, teils geschwungen wie chinesische Vasen mit Deckeln. Und in den Auslagen lockten die Kekse, das Zuckergebäck, die Torten und Kuchen. Caroline verkaufte Konfekt, Backwerk und Süßigkeiten, Bonbons, Nougat und kandierte Früchte, Zitronat, mit Haselnüssen vermischtes Früchtebrot oder Mandelpaste.

Es war alles so friedlich. Franticeks ständige Sorgen begannen zu verblassen, er vergaß sie nicht ganz, aber sie wurden milder.

10

Es war aber auch ein junger Adliger nach Wien gekommen, in geheimer Mission. Er hieß Dietmar von Rauteneck. Im Frühjahr hatte er in Paris ermitteln können, daß drei Personen die Stadt mit der Postkutsche verlassen hatten, auf die jene Beschreibung zutreffen mochte, die ihm sein Feldmarschall Fürst Wrede gegeben hatte. Er war ihnen gefolgt, er hatte die Reise genossen. In Wien hatte er ihre Spur verloren, oder besser, er hatte sie nicht wieder gefunden. Aber es war auch richtig, daß er mehr und mehr beiseite schob, weshalb er unterwegs war. Das Leben war so schön! Die Menschen waren so freundlich. Darüber verging der Sommer.

Und er war in Wien! Gab es eine aufregendere Stadt? Konnte er gegenwärtig irgendwo mehr Kaiser,

Könige, Herzöge, Fürsten, Grafen oder Barone sehen? Alle, alle reisten an, und mit ihnen Minister, Staatskanzler, Diplomaten, Lakaien, ein ganzer Hofstaat. Sie kamen zum *Wiener Kongreß*, auf dem die Neuordnung Europas nach Napoleons Sturz beraten wurde. Unter den höchsten Herren befand sich auch Zar Alexander I. von Rußland, dem man bald nachsagte, daß er sich mehr in den Ballhäusern zur Wiener Musik vergnügte, als an den Konferenztischen zu arbeiten. Er machte den schönsten Damen den Hof, war verstrickt in zahllose Abenteuer und mischte sich gern, einfach gekleidet, so daß man ihn nicht erkannte, unter die Menge der Tanzenden.

In den Straßen kursierten Flugblätter, auf denen die lachenden Leute lesen konnten: *Er liebt für alle: Alexander von Rußland. Er denkt für alle: Friedrich Wilhelm von Preußen. Er spricht für alle: Friedrich von Dänemark. Er trinkt für alle: Maximilian von Bayern. Er frißt für alle: Friedrich von Württemberg. Er zahlt für alle: Kaiser Franz von Österreich.*

Sollte da ein junger bayerischer Fähnrich, der das Leben liebte, dem alle Herzen zuflogen, nicht auch in den festlichen, glänzenden Strudel gezogen werden? Fürst Wrede war weit weg bei seinen Truppen, der bayerische König Maximilian kämpfte am Konferenztisch um sein Territorium und mußte die Stadt und das Land Salzburg schließlich doch an Österreich abtreten.

Und in die Konditorei kamen die vornehmen Damen mit ihren Hunden und Schirmen. Es wurde

Winter, da kamen sie mit Muffs, in die sie die feinen Hände steckten, während die Mägde die Süßigkeiten in die Körbchen legten.

Natürlich gab es auch freie Stunden und Feiertage. Da nutzte Paul die freien Minuten, um mit Annemirl durch die Stadt zu streifen. Sie beschauten die vornehmen Häuser, sie vergnügten sich im Prater und an der Donau. Im Januar standen sie unter den Zuschauern der großen Schlittenpartie, die der gesellschaftliche Höhepunkt des Kongresses wurde. Hunderte von Wagenbauern, Schnitzern und Vergoldern hatten die fünfunddreißig Schlitten geschaffen, die in der Wintermorgensonne funkelten. Die besten Tapezierer hatten die rotsamtenen Polster mit den goldenen Quasten genäht, von Hunderten tüchtiger Schneider waren die Roben und Mäntel der Schlittenköniginnen genäht worden. Man sah die Zarin und ihre Schwestern, man sah Hermelin und hohe Pelzmützen, prächtige Uniformen, Pferde mit Tigerfelldecken und Straußenfedern. Dröhnende Musik ertönte, und Pagen begleiteten den Zug in mittelalterlicher Pracht.

„Wie hübsch das ist!“ rief Annemirl auf ihre fröhliche Art, ganz ohne Neid auf den Reichtum.

Paul sah auf das Mädchen neben sich herab. Er mußte lächeln. Auch er genoß das Schauspiel. Flüchtig legte er ihr die Hand auf die Schulter, sie neigte den Kopf dagegen. Er spürte ihre Haare, die unter der Wollmütze hervorschauten.

Nicht weit von ihnen entfernt, getrennt nur durch

wenige Reihen von Menschen, drehte sich ein kräftig gewachsener Herr zur Seite, um fortzugehen. Er trug eine schwarze Binde über dem linken Auge.

Dann kam auch der letzte Schlitten, da trabte der letzte Reiter. Zwischen den Zuschauern auf beiden Seiten entstand Leere, von Hufen und Schlittenkufen aufgewühlter Schnee türmte sich. Annemirl und Paul gegenüber stand ein junger Mann im braunen Pelzmantel, es war ja kalt, und er hatte den Kragen hochgeschlagen. Sein Blick ging flüchtig über die beiden jungen Leute vor ihm, von denen er durch den Weg getrennt war, und er dachte ebenso flüchtig: Es gibt doch hübsche Menschen in Wien. Und fröhlich scheinen sie auch zu sein.

Es war der gleiche Tag, an dem eben dieser junge Mann zum ersten Mal Zapfs Hofkonditorei betrat. Er war nun einmal gerade in der Nähe und hatte Appetit auf etwas Süßes. Er wurde von einem jungen Mädchen bedient, dessen Anblick ihn gleich gefangennahm. Ihre Augen leuchteten dunkel, lang hing ihr das lockige Haar über die Schulter, kastanienbraun. Ja, sie war schön wie eine Blume.

Der junge Mann wurde fast verlegen, was ihm selten passierte. Er lächelte sie an, und sie lächelte zurück. Mein Gott, dachte er, ich werde täglich Süßigkeiten kaufen, nur um dieses Mädchen zu sehen. Er wählte Pistaziengebäck, nicht zuviel, um einen Grund zu haben, bald wiederzukehren.

Sie fragte: „Darf es sonst noch etwas sein?“

Er merkte auf. „Sie sind nicht aus Wien, Demoiselle ... Warten Sie, lassen Sie mich raten ... Sagen Sie noch etwas ...“

„Was soll ich sagen!“

„Sind Sie aus Tirol?“

„Nein, nein!“

„Aus Vorarlberg?“

„Aber nein!“

„Aus dem Salzburger Land?“

„Auch nicht! Aber was reden Sie denn!“

Da ging ein Leuchten über seine Züge. „Ich hab's!“ rief er. „Natürlich, Sie sind aus Bayern! Sie sind aus meiner Heimat, geben Sie es zu.“

Caroline errötete und biß sich auf die Lippen. Nun meldete sich ihre Vorsicht. Aber dieser junge Mann hatte ein so offenes, vertrauenerweckendes Gesicht! Sie mochte nicht lügen.

„Ja“, antwortete sie.

„Und wie kommen Sie nach Wien?“ wollte er wissen.

„Mit der Postkutsche“, erklärte sie schnippisch.

„Sind Sie schon lange hier?“

„Sie wollen zuviel wissen!“

„Sie haben recht, es geht mich nichts an. Ich war nur verwundert, Sie hier zu sehen.“

„Warum?“

Ja, warum? Er wußte keine Antwort. „Verzeihen Sie, Demoiselle.“

Es gab nichts zu verzeihen. Ihre Augen trafen sich. Caroline schlug den Blick sofort nieder und machte sich auf der Theke zu schaffen. Ihre Hände flatterten wie Vögelchen, die sich verletzt haben und nicht mehr auffliegen können.

Er ging. Aber er kam wieder. Er kam oft, fast täglich. Und wenn er einen Tag nicht kam, dann mußte er sich sehr gut zureden, vernünftig zu sein. Er gab bald mehr Geld für Süßigkeiten als für seinen Lebensunterhalt aus, mehr als er eigentlich verantworten konnte. Er verschenkte viel an Kinder.

Längst wußte Caroline, daß er nur ihretwegen kam. Sie erwartete ihn bereits. So wurden sie miteinander vertraut.

„Wie heißen Sie?" hatte er sie gefragt. Und sie hatte mit unmerklichem, leisem Zögern geantwortet: „Claudia."

„Und ich bin Dietmar von Rauteneck", erklärte er. „Fähnrich im Dienst des Königs von Bayern."

Dietmar von Rauteneck. Daß sie seinen Namen wußte, beruhigte sie. Sie wünschte, daß Franticek und Paul ihn kennenlernten. Und eines Tages, da kannten sie sich schon mehrere Wochen, führte sie ihn die schmale Treppe empor in die Wohnstube.

Paul – oder Peter – war wie vom Donner gerührt: Caroline brachte einen jungen Mann zu ihnen hinauf! Er war offenbar wochenlang blind gewesen, er hatte nichts bemerkt, er hatte in der Backstube geholfen und war mit Annemirl in die Stadt gegangen. Wo hatte er seine Gedanken gehabt? Es war doch klar, daß sie im Laden Menschen kennenlernte, Männer, junge Männer, und daß sie mehr als einem gefiel! Und Caroline – nun, sie war ja auch ein junges Mädchen mit Gefühlen, vor ein paar Monaten fünfzehn Jahre alt geworden, fast erwachsen.

Pauls Gesicht versteinerte.

Auch Franticek wußte nicht recht, wie er sich dem fremden jungen Mann gegenüber benehmen sollte. Dieser war ja sehr höflich, er hatte die besten Manieren, er kam aus einem bekannten Haus. War Mißtrauen da angebracht? Und wie gewinnend war sein Wesen, wie einnehmend war seine ganze Art!

„Sind Sie im Gefolge Seiner Majestät des Königs in Wien, Fähnrich?“ fragte Franticek.

Dietmar mußte lächeln. „Nicht direkt in seinem Gefolge, aber in seinem Auftrag ...“ Und er dachte plötzlich wieder, was für ein sonderbarer Befehl das war, von dem er keinem erzählen durfte. Wie lange hatte er kaum noch an ihn gedacht!

Dietmar bemerkte den kaum hörbaren Akzent wohl, den der Vater des Mädchens sprach, aber er dachte sich nichts dabei. Noch nicht. Er fragte: „Sind Sie lange in Böhmen gewesen?“

„Mein Vater kam aus Böhmen“, antwortete Franticek einsilbig. Die Frage war ihm unangenehm.

Doch das ging rasch vorbei. Und der Besuch war nur kurz. Aber der Fähnrich kam wieder.

Einmal versprach sich Caroline, weil sie es ja gewohnt war, Paul in dieser Stube mit seinem richtigen Namen anzureden. „Wo seid ihr heute gewesen, Paul?“ fragte sie.

Dietmar blickte kurz auf. Paul? dachte er. Ich denke, er heißt Peter? Warum Paul?

Es geschah nichts. „Im Prater, Caroline", hatte Paul mürrisch geantwortet. Es gefiel ihm immer weniger, daß dieser bayerische Fähnrich hier war. Er machte Caroline den Hof, das war offenkundig.

Caroline? Wieso Caroline ...? dachte Dietmar. Sie heißt doch Claudia. Das war wieder merkwürdig.

Dann war es vorüber. Nach kurzer Zeit mußte er gehen, es wäre unhöflich gewesen, zu lange zu bleiben. Ach, er wäre am liebsten den ganzen Tag und den ganzen Abend dageblieben.

Dietmar von Rauteneck verbeugte sich. Er verließ die Stube.

Als sie allein waren, sagte Franticek: „Caroline, sei auf der Hut! Ich weiß nicht, was ich davon halten soll – das heißt, ich weiß es nur zu gut, und es macht mir Sorgen!"

„Ach, es ist nichts", erklärte Caroline eifrig.

Paul biß sich auf die Lippen. Er hatte eigentlich längst keine Lust mehr, mit Annemirl durch die Stadt zu streifen, mochten die vielen Leute, die hohen Herrschaften, die Lakaien, Diener, Hofschranzen auch noch so interessant sein. Aber er wollte das liebe Mädchen auch nicht enttäuschen. Sie war so herzlich, so offen zu ihm. Er spürte, wieviel Freude es ihr machte, und allein ließ der Vater die Tochter nicht gehen. Das war nicht schicklich. Mit Paul – oder Peter – ließ er sie aber gerne ziehen, manchmal drängte er die beiden sogar dazu.

An diesem Abend schrieb Franticek wieder einen Brief an Alexander Helmbold. Von Dietmar berichtete er nur sehr beiläufig. Und Caroline, die ihren Gruß unter das Schreiben setzte, erwähnte ihn mit keinem Wort.

Dietmar war die Treppe hinabgeschritten. Claudia ... Caroline ..., sang es in ihm. Wieder und immer wieder.

Und draußen vor der Tür, in der klaren Luft, war er plötzlich stehen geblieben, wie angewurzelt. Es war wie eine Vision gewesen. Er erinnerte sich: Er sah sich in dem Pariser Salon, vor ihm saß sein Feldmarschall, Fürst Wrede, und er hörte ihn den Namen aussprechen: „Caroline!"

Und Peter, den sie Paul genannt hatte! Und der Vater, der mit böhmischem Akzent sprach, wenn auch kaum erkennbar! Es paßte alles zusammen!

Und doch, es konnte nicht sein, es durfte nicht sein, dieses reine Geschöpf war keine Verbrecherin ... Oder war sie es doch? War sie Caroline, die Dirne, die er suchen, die er verhaften lassen sollte?

Der bayerische Fähnrich Dietmar von Rauteneck stand da wie vom Donner gerührt.

11

Dietmar von Rauteneck durchlebte eine schlimme Zeit. Sein Gefühl zog ihn unwiderstehlich zu Caroline. Aber wie sollte er sich ihr gegenüber verhalten? Noch hatte sie mit keinem Wort angedeutet, daß sie eine Prinzessin sei. Und sie hatte so gar nicht die Art einer Hochstaplerin. Glücksritter und Scharlatane leben doch sonst davon, daß sie ihre Lügen überall erzählen, daß sie sich damit wichtig machen, prahlen und sich Geld ergaunern. Wie leicht hätte es dieses hübsche Mädchen gehabt, einem reichen Adligen den Kopf zu verdrehen und ihn um all seine Habe zu betrügen.

Und trotzdem, es paßte alles so gut zusammen.

Er durfte keinen Fehler machen. Er war Soldat des Königs, seiner Fahne verpflichtet, er hatte einen Eid geschworen: Treu bis in den Tod! Aber es gab auch eine Verpflichtung vor Gott und den Menschen. Er wollte keine Unschuldige ins Gefängnis bringen.

Mußte er also Carolines Gegenwart meiden? Sollte er sie ihrem Schicksal überlassen? Oder sollte er zu seinem König gehen? Maximilian I. weilte ja auch in Wien, wie so viele andere Monarchen. Es wäre für seinen Fähnrich sicher leicht gewesen, eine Audienz zu erhalten.

Nein, nein, das nicht! Denn dann würde Caroline wohl gleich verhaftet werden, und er hatte doch noch gar keinen Beweis für ihre Schuld! Und außerdem: Dann sah er sie vielleicht niemals wieder! Das war undenkbar!

Wie oft lief er in die Straße, wo sie wohnte, blieb an entfernten Hausecken stehen, verbarg sich, schaute zu ihren Fenstern hinüber, war unschlüssig, stand lange, manchmal wohl eine Stunde und mehr. Er drehte wieder um, schritt langsam heim.

Ihr ging es auch nicht anders. Oft, sehr oft, immer wieder schaute Caroline durch die Fenster, suchte ihn unter den Leuten. Kam er dort? Ihr Herz klopfte, ihre Hände, mit denen sie süßes Gebäck herrichtete, zitterten.

So konnte der Zustand nicht bleiben. Je länger er dauerte, desto mehr erkannte Dietmar, daß er sich Klarheit verschaffen mußte. Er mußte sie zum Reden bringen. Ja, es war seine Pflicht, sie zu sehen, so oft wie möglich, damit sie ihm ihr Geheimnis verriet.

Ach, aber er fühlte sich doch schlecht! War es nicht niederträchtig von ihm? Er mißbrauchte ihr Vertrauen! Sie war so offen, so freundlich.

Er war im Zwiespalt, aber dieser Gedanke beruhigte doch auch sein Gewissen seinem König gegenüber. So konnte er es verantworten, daß er Carolines Nähe suchte. Mochte das Schicksal dann entscheiden, so oder so, entweder war sie das reine Geschöpf, als das er sie sah, oder sie war eine Gaunerin, die er ihrem Schicksal überlassen mußte.

Das war die Formel, auf die sich sein Herz einigte. Er kaufte weiter Süßigkeiten, er besuchte sie, er sprach mit ihr und ihren Leuten, er wartete darauf, daß sie sich verrieten – oder daß er sagen konnte: Sie sind keine Verbrecher. Er fieberte der Enthüllung entgegen und fürchtete sich gleichzeitig davor. Er war entzückt von Caroline, aber er war nicht mehr so frei, wie er es zuerst gewesen war. Wenn er sie Claudia nannte, meinte er, daß seine Zunge dabei so schwer wurde wie Blei.

Er verfluchte diesen Zustand, aus dem er sich nicht zu befreien vermochte. Mehrmals schon setzte er sich an seinen Tisch, um einen Brief an seinen Feldmarschall Fürst Wrede zu schreiben. Er brachte die ersten Zeilen zu Papier – dann zerriß er alles wieder. Einmal schrieb er, daß er das Mädchen gefunden habe, sie aber für unschuldig hielt. Ein andermal bat er darum, ihn von seinem Auftrag zu entbinden, ja er spielte sogar mit dem Gedanken, seinen Abschied einzureichen. Einmal erstattete er Anzeige, wie es seine Pflicht gewesen wäre, aber noch während er das Blatt mit Sand bestreute, bereute er schon wieder und hielt es über die Kerze.

Er lief in die Kirche. Er betete darum, daß Gott die Unschuld schützen möge, selbst wenn er sie dem irdischen Gericht auslieferte.

Er kniete vor dem Beichstuhl, um sich geistlichen Rat zu erbitten. Aber er stammelte unzusammenhängendes Zeug und gestand nur Verfehlungen, für die er leicht die Absolution erlangen konnte: „Ich versäume oft den Dienst, weil ich besonders naschhaft bin und in die Konditorei laufe." Darüber konnte der Beichtvater aber nur den Kopf schütteln: „Hast du mir sonst nichts zu sagen, mein Sohn?"

„Es ist ... mein Herz ...", murmelte Dietmar. „Das Mädchen dort ist sehr schön!"

„Das sind die Verwirrungen der Jugend", meinte der Priester. „Bete, daß du nicht in Sünde fällst. Ego te absolvo!"

Er war entlassen.

Aber die Zeit geht weiter, und sie bringt die Dinge endlich doch zur Entscheidung. Eines Tages schritt Dietmar unruhig in seiner Stube auf und ab. Von draußen kam das klare Licht des Tages herein. Die gegenüberliegenden Hauswände schimmerten hellgrau, auf den Ästen der Bäume lag noch feiner Schnee, aber darunter waren schon die ersten Knospen zu ahnen. Bald zog sich der Winter zurück, bald kam der Frühling.

Wien war damals eine Zeit der Feste. Es verging kein Tag, an dem nicht getanzt wurde, in der Hofburg, in den Salons der Adelspaläste, in den öffentlichen Ballhäusern, wo sich die Bürger vergnügten. Längst hieß es spöttisch: „Dieser Kongreß tagt nicht, er tanzt."

Da war es wie eine Eingebung, daß Dietmar auf den Gedanken kam, alle auf einen Ball einzuladen. Gewiß, es war keine Berechnung dabei, aber insgeheim hoffte er doch, die heitere, gelockerte Stimmung würde ihm helfen, endlich den Knoten durchschlagen zu können. Vielleicht öffnete Caroline ihm ihr Herz, wenn sie mit ihm tanzte, wenn sie in seinen Armen lag – und wie sehr wünschte er sie sich in seine Arme!

Aber ob es der Vater erlauben würde, der sich Franz Pannitz nannte?

Dietmar stellte es geschickt an. Er redete zunächst mit dem Konditor, der Kongreß sei nun bald zu Ende und man sollte ihn doch nicht vorbeigehen lassen, ohne wenigstens einmal in einem Redoutensaal gewesen zu sein. Es mischten sich ja auch Fürstlichkeiten unter die Leute, meist einfach gekleidet allerdings, denn sie wollten nicht erkannt werden, aber so schnell sah man den europäischen Adel gewiß nicht wieder zusammen.

Johannes Zapf hatte selbst schon daran gedacht. Der kleine, rundliche Mann schob die Lippen vor und legte seine Fingerspitzen darauf. Er überlegte nicht lange. Seine Annemirl hatte sich dieses Vergnügen verdient, so ein fleißiges Mädchen. Und Peter – oder Paul – ebenfalls. Dieser Bursche gefiel ihm immer besser, er war so hilfreich und geschickt. Peter und Annemirl ... Das wäre doch eine gute Verbindung, ein Paar nach seinem Herzen. Es fehlte vielleicht nur noch der zündende Funke, das heißt, Annemirl loderte ja schon, er war ja nicht blind, dieser Vater, nur der Bursche war etwas spröde und hatte sein Herz offenbar an seine eigene Schwester verloren. Das war nicht nur sonderbar, das war sogar zu mißbilligen, und er, Johannes Zapf, konnte da vielleicht ein bißchen Ordnung in die Verhältnisse bringen. Meister Zapf ahnte, daß seine Annemirl litt, und er selbst litt am Leiden seiner Tochter. Er hatte Peter – also Paul – schon angeboten, bei ihm in die Lehre zu gehen. Die Meisterprüfung würde er gewiß bald bestehen, begabt wie er war. Aber Johannes Zapf fand es doch auch nicht schicklich, Paul seine Tochter geradezu anzutragen. Wenn nun der Fähnrich von Rauteneck mitkommen wollte, auf den Ball, so war das ihm, Johannes Zapf, sogar sehr recht, aus zweierlei Gründen. Erstens sah er ja, wie entzückt der

Fähnrich von Claudia – also Caroline – war. So würde er sie auch nicht aus den Augen lassen, und der Bruder mußte sich desto mehr seiner Annemirl widmen. Und zweitens war es doch beruhigend, noch einen männlichen Beschützer dabeizuhaben in so einem Trubel, einen jungen Offizier sogar. Nun, hoffentlich wurde Peter – also Paul – nicht allzu eifersüchtig auf ihn.

Johannes Zapf rieb sich die Hände. Ob der Herr Fähnrich sich wohl um die Billetts und um einen Tisch bemühen würde? Und sicher wäre es ihm doch recht, wenn die Familie von oben ...

Der Fähnrich war entzückt! Ob Herr Zapf es übernehmen würde, sie dazu aufzufordern?

Herr Zapf tat das gern. Er strich sich die weiße Schürze glatt. „Laßt mich nur machen", erklärte er. Er machte es auch, indem er Franticek dazu überredete. Sie wollten sich alle einmal einen hübschen Abend machen. Die jungen Leute ... Ein bißchen Musik, Tanz ... Vom Fähnrich sagte Meister Zapf nichts. Er vergaß es ..., vergaß es absichtlich!

Franticek fragte nicht danach. Es kam ihm nicht in den Sinn. Zu Meister Zapf hatte er Vertrauen. Er sah es auch ein, daß er die jungen Leute nicht immer vom festlichen Leben der Stadt fernhalten konnte. Er sagte also zu. Caroline freute sich. Freilich, sie dachte an Dietmar. Aber sie scheute sich doch, den Wunsch, er möge mitkommen, auszusprechen.

Auch Paul bekam rote Backen. Er und Caroline waren noch nie auf einem Ball gewesen. Ein Glück, daß sie früher schon Tanzstunden gehabt hatten. Franticek hatte immer darauf geachtet, daß beide eine ausgezeichnete Erziehung erhielten.

Dieser suchte seinen besten Anzug heraus, ließ ihn aufbügeln und herrichten. Paul mußte einen dunkelblauen Frack mit langen Schößen vom Schneider bekommen, darunter eine weiße Hose. Der Bursche war sehr gewachsen, die Schultern waren in die Breite gegangen. Er sah gut aus, zumal seine hellbraunen Haare den Kopf halblang umschlossen.

Für Carolines Kleid wählte die Schneiderin einen hellgrünen Seidenstoff, der wunderbar zu ihren braunroten Haaren stand. Der Rock floß weich und weit bis auf die schmalen, flachen Schuhe herab, der weite Ausschnitt endete knapp über ihren zarten Brüsten, er zeigte die halbe Schulter und einen Teil des Rückens bis zu den Schulterblättern. Ihre langen Haare mochte Caroline nicht opfern, obwohl man derzeit das Seitenhaar eigentlich in enge Löckchen legte. Sie flocht ihre Haare zu einem dicken Zopf und steckte ihn am Hinterkopf hoch, was ihr reizend stand.

Annemirl hatte ein hellgelbes Kleid mit breiten, dunkelroten Streifen gewählt, das weit und festlich um ihre feinen Knöchel wehte. Gewiß war sie ganz anders als Caroline, zumal sie ja auch blonde Haare hatte, die sie wie eine Krone auf ihrem schmalen Kopf trug, aber sie war doch auch reizend. Hell schimmerte ihre Haut, und wenn man die beiden Mädchen vergleichen wollte – was man eigentlich nie

5 4941-12

tun sollte, denn jedes ist ja unverwechselbar –, dann hätte man vielleicht sagen können: Caroline war wie eine Frühlingsblüte und Annemirl wie zartes, schimmerndes Konfekt aus Zapfs Hofkonditorei.

Sprechen wir nicht vom Meister selbst, seine Hose spannte über dem hervortretenden Bäuchlein, und seine Frackjacke stand vorne ein wenig offen, ließ zuviel von Hemd und Weste sehen. Aber er strahlte.

Noch in ihrer Stube, bevor sie gingen, faßte Paul einen verhängnisvollen Entschluß. Mißtrauisch – oder vorsichtig – wie er es nach den vielen schlimmen Erlebnissen der Vergangenheit nun einmal geworden war, steckte er sich verstohlen seinen Hirschfänger, einen kleinen Dolch im Lederfutteral, in den Gürtel, so daß er unter dem Frack verborgen war.

Dann verließen sie Meister Zapfs Bürgerhaus. Es dunkelte bereits. Ein Gassenbub hatte den Fiaker schon herbeigepfiffen.

12

Dietmar von Rauteneck wartete vor dem Tanzsaal. Sein Herz klopfte. Er spürte, heute würde es sich entscheiden, alles, und zwar zum Guten.

Als ihre Droschke vorfuhr, trat er rasch näher. Er trug seine Paradeuniform mit engen Hosen unter dunkelgrünem, enganliegendem Rock, der Kragen stand rot und steif empor, die Knöpfe leuchteten so weiß wie die Aufschläge, und die goldenen Bisen blitzten. Er war schlank, groß und blond, auf militärische Weise elegant. Annemirl stieß einen frohen, unbekümmerten Ruf aus, als sie ihn erblickte, Paul schluckte, um sich seine Überraschung nicht anmerken zu lassen, Franticek spürte im ersten Moment eine Verlegenheit, er wußte nicht recht, was er sagen sollte, sah aber schnell ein, daß er nur gute Miene zum bösen Spiel machen konnte, von dem er ja noch nicht wußte, ob es ein böses oder gutes war.

Und Caroline? Nun, sie atmete tief durch, und ihre Augen strahlten. Niemand bemerkte es, denn nun war es dunkel geworden, nur Laternen brannten rechts und links der Eingangspforte, und befrackte Diener leuchteten den Gästen mit Fackeln.

„Es war nicht leicht, einen Tisch zu bekommen", erklärte Dietmar. „Die Eintrittskarten sind seit Tagen ausverkauft ..."

Ja, der Saal war überfüllt. Sie hatten Mühe, sich ihren Weg durch das Menschengewimmel zu bahnen. Die Menge der Köpfe, der Schultern, der hochgesteckten Frisuren, der Kleider und Anzüge war unübersehbar. Gleichzeitig erzeugte es aber auch eine frohe, erwartungsvolle Stimmung.

Dietmar schritt voraus, er schuf Platz, er wußte, wo sich ihr Tisch befand. Der große Raum war durch Tausende von Wachskerzen in ein goldenes Licht getaucht. Im Hintergrund und an den Seiten waren künstliche Teiche, kleine Grotten und sogar Wasserfälle dekoriert worden. Dazu der Lärm, die Stimmen, die Gespräche, das Gelächter, das Füßeschleifen – und natürlich die Musik. Auf einer niedrigen Empore, gut sichtbar, spielte ein Orchester von über fünfzig Musikern, der Kapellmeister stand dirigierend im braunen Frack davor. Meist mit der Geige im Arm wog er sich im Takt hin und her und ermunterte seine Leute.

Und der Walzer war der König der Tänze. Spätestens seit dem Wiener Kongreß hatte er alle Säle erobert. Er übertraf an Beliebtheit alles andere. Die Behörden hatten versucht, ihn wegen Unanständigkeit zu verbieten, vergebens. Man hielt sich im Arm, drehte sich, auf dem ersten Takt betont, drehte sich nicht allzu schnell, und war berauscht.

Berauscht und entzückt war auch Dietmar von Rauteneck. Jetzt vergaß er seinen Auftrag vollständig. Er sah nur sie, Caroline, die ihren lieblichen Kopf ein wenig seitlich geneigt hielt. Er war mehrmals in Versuchung, sich niederzubeugen und seine Lippen auf die blasse Haut zu drücken, die durch das Kerzenlicht vergoldet wurde. Was würde sie wohl dazu sagen, wie würde sie reagieren? Peter – Paul – war gerade nicht zu sehen, verdeckt von anderen Paaren, er tanzte mit Annemirl, aber er kam immer wieder in ihre Nähe, hatte Caroline-Claudia im Auge, war aufmerksam, natürlich dadurch auch abgelenkt, was Annemirl gar nicht gefiel, sie eifersüchtig machte, so daß sie ihn immer wieder mit sich fortzuziehen versuchte.

Ja, Annemirl empfand Eifersucht auf Caroline, obwohl sie Caroline doch auch so gern hatte. Sie ahnte ja auch nichts von deren Geheimnis.

Dietmar seinerseits spürte, daß Annemirl seine heimliche Verbündete war, und er mochte sie deswegen nur noch mehr. Drehte sie sich ihnen zu, lachte er sie an, und einmal kniff er ein Auge spitzbübisch zusammen.

Franticek und Meister Zapf saßen am Tisch, sie tranken Wein, und Meister Zapf pries sein Geschäft. „Die Konditorei ist eine sichere Sache", erklärte er, schon ein wenig beschwingt. „Und ein schöner Beruf ist das außerdem. Man kommt mit den höchsten Herrschaften zusammen, man kann auch Kaffee ausschenken. Ich mache es nur nicht, weil mir die Arbeit zuviel würde, aber wenn ich eine tüchtige Hilfe hätte, dann ..." Er tat einen tiefen Zug aus dem Glas und meinte dann unvermittelt: „Der Peter ist sehr tüchtig, sehr tüchtig. Er stellt sich gut an, und alle mögen ihn ..."

Wer – alle?

Franticek fragte nicht. Er ahnte ja schon lange, was den Meister umtrieb, und er mißbilligte es keineswegs. Nur – Paul! Franticek wußte ja, was der Konditormeister nicht ahnte, daß Paul und Caroline keine Geschwister waren. Er hob ebenfalls sein Glas an den Mund und trank. Wie mochte sich nur alles lösen? Warum kam Alexander Helmbold noch nicht zu ihnen nach Wien, warum hatten sie noch keine Nachricht vom Baron Louis de Montalembert? Hatte er denn das Tagebuch noch nicht wieder? Wenn es verloren war, unauffindbar unter Tausenden von

Akten, dann war Carolines Sache für immer verloren.

So ging der Abend dahin, die Stunden rückten vor. Wieder – zum wievielten Male? fragte sich Paul – tanzte Caroline mit Dietmar, und sie waren so vertieft in ihren Tanz, daß sie die Welt um sich vergaßen. So fiel es ihnen auch nicht auf, daß ein Mann, der wechselnd mit anderen Frauen tanzte, immer häufiger in ihre Nähe drängte. Die Damen, mit denen er tanzte, waren alle ausnehmend hübsch, alle jung, und dieser Herr schien von bestrickender Liebenswürdigkeit zu sein. All seine Tänzerinnen lachten, alle waren geschmeichelt, jeder schien er den Kopf zu verdrehen. Dieser Mann hatte dunkle Haare und dunkle Augen, seine fein geschnittenen Lippen waren nie ruhig, er plauderte immer, er war mit äußerster Eleganz gekleidet, aber vollkommen unauffällig, er trug keinerlei Orden, kein Ehrenzeichen, sein Anzug war einfarbig grau, aber vom besten Schneider. Wer näher hingesehen hätte, der hätte bemerken müssen, daß sich immer wieder die gleichen anderen Paare in seiner Nähe bewegten und ihn niemals aus den Augen ließen, junge, energische Männer, deren Tanzpartnerinnen eher unauffällig waren.

Aber es schaute ja niemand genau hin.

Paul befand sich in einem sonderbaren Zustand. Er mußte sich eingestehen, daß er Annemirl mochte, daß er gern mit ihr tanzte, daß es ihn freute, ihre Hand zu halten und daß er sie gerne ansah. Vielleicht war er sogar ein wenig verliebt, nur wußte er es nicht. Es war so leicht, sich mit Annemirl zu unterhalten, sie gab kluge und warmherzige Antworten. Sie mochte ihn gern, und das gefiel ihm, es schmeichelte ihm. Aber er konnte den Abend nicht genießen. Er war zerfressen von Eifersucht. Jedesmal, wenn Dietmar aufstand, um Caroline zum Tanz aufzufordern, mußte Paul an sich halten, daß er nicht aufsprang und den Fähnrich zur Rede stellte. Zur Rede stellen? Was sollte er ihm denn sagen? Er wußte es auch nicht, am liebsten hätte er ihn wohl geschlagen. Aber er mochte es dann ebensowenig, daß der Fähnrich manchmal auch Annemirl aufforderte und mit ihr tanzte. Es wäre ja noch schöner gewesen, wenn er so unhöflich aufgetreten wäre, das nicht zu tun. Immerhin, dann konnte Paul selbst mit Caroline tanzen, er tat es, aber er fühlte sich unfrei dabei, er wollte ihr eigentlich etwas Rauhes sagen, etwas Hartes, Unfreundliches, wie es seiner Stimmung entsprach, aber es kam nichts dabei heraus.

Einmal ergriff Caroline selbst die Initiative und sagte ihm geradeheraus: „Paul, du bist ein Dummkopf!"

„So, meinst du?" knurrte er einsilbig.

„Ja, das meine ich", antwortete sie auf ihre herzliche Art. „Du bist eifersüchtig auf Dietmar, du möchtest ihn am liebsten verprügeln ..."

„Was du redest!"

„Und gleichzeitig hast du das reizendste Mädchen im Arm und bemerkst es nicht. Paul, du tust ihr weh!"

„Was denn? Was soll das? Wem tue ich weh?"

„Nun, Annemirl, die dich so gern hat. Und etwas

Besseres kannst du dir auch gar nicht wünschen."
„Denkst du das?"
„Ja, vergiß nicht, daß ich deine Schwester bin", sagte sie.
„Was du dir einbildest!"
„Du meinst, ich sei ja nicht deine wirkliche, deine leibliche Schwester", antwortete sie. „Aber es ist nun einmal so, daß ich dich nur als meinen Bruder sehen kann. Und als Bruder habe ich dich gern, sehr gern, Paul, das weißt du doch!"
Um Paul wirbelte alles. Das kam vom Walzer. Aber vor allem hatte es mit seinem inneren Aufstand zu tun. Er hatte bald keine Lust mehr zu tanzen. Er führte Caroline an den Tisch zurück. Sie ließ sich gleich wieder von Dietmar auffordern. Paul griff nach dem Weinglas von Franticek, obwohl er eigentlich nur Apfelmost trank, und schüttete es in sich hinein. Annemirl blickte ihn aufmerksam und auch ein wenig traurig an. Sie ließ ihre Fingerspitzen über den Tisch wandern, tanzen, hüpfen, und der Vater schaute zu ihr hinüber und runzelte die Stirn.
Dietmar drehte sich wieder mit Caroline, einmal zog er sie näher zu sich heran. Sie ließ es erst geschehen, dann zog sie sich zurück und drückte ihn sanft auf Abstand.
„Noch nicht, Dietmar", sagte sie leise.
„Was ist? Gib es zu, Peter hat unfreundlich von mir gesprochen, er hat dich vor mir gewarnt. Aber du weißt doch auch, daß er eifersüchtig ist. Ich verstehe das nicht, er ist doch dein Bruder!"

„Peter ...“, sagte sie, es klang sehr gedehnt, wie eine Frage. Und genau so fuhr sie fort: „Mein Bruder ...“ Sie schwieg, dann sah sie ihn voll an, und er konnte gar nicht ausdrücken, wie sehr ihn dieser Blick traf, mitten ins Herz. Er blieb stehen. So standen sie, während um sie herum das Fest wogte, die Menschen tanzten, sie aber standen still und blickten sich an.

„Es gibt da etwas, was du nicht weißt“, sagte sie schließlich leise. „Aber du mußt es doch wissen, ehe du ...“

„Ehe was? Was muß ich wissen, Claudia?“ Er wußte, nun kam der Augenblick, dem er entgegengefiebert hatte, nun kam der Moment der Wahrheit – oder der Lüge –, nun würde sie reden. Sein Puls ging schneller, er hielt den Atem an.

Langsam wandte sie sich um und zeigte ihren schlanken Rücken. Langsam nahm sie mit der linken Hand ihre Haare, von denen sich beim Tanz einige Strähnen gelöst hatten, im Nacken in die Höhe. Sie hielt sie hoch. Mit ihrer rechten Hand griff sie sich über die linke Schulter und schob ihr Kleid dort ein wenig tiefer.

„Was siehst du?“ fragte sie.

Die reizendste Schulter, den schönsten Rücken der Welt, hätte er rufen mögen. Aber er stammelte: „Was meinst du?“

„Sieh genau hin“, antwortete sie.

„Ein Muttermal ist es wohl“, murmelte er.

„Noch genauer!“

„Ein Muttermal, braunrot, und es hat fünf Zacken.

Es hat die Form einer Krone.“ Er hätte es küssen mögen.

„Es ist eine Krone“, sagte sie und drehte sich ihm wieder zu. „Es ist eine Fürstenkrone. Es ist der Beweis dafür, daß ich das Kind meiner Mutter bin ...“

„Aber das ist doch jeder!“

„Ja, aber meine Mutter hatte auch so ein Mal, genau das gleiche, genau an der gleichen Stelle. Und sie war die Fürstin Amalia-Caroline zu Krötzingen-Waldegg!“

Sie waren so gefangengenommen von ihrem Gespräch, daß sie einen Herrn nicht bemerkten, der sich in ihre Nähe gedrängt hatte. Es war ein großgewachsener, kräftiger Mann, von dem etwas Herrisches, fast Wildes ausging. Er trug einen Anzug, der Ähnlichkeit mit einer russischen Uniform hatte. Die ganze Gestalt wirkte soldatisch, und das Auffälligste an ihm war die Binde über dem linken Auge. Es war Fürst Iwan Borowsnikof. Er kannte Caroline, aber er kannte auch Dietmar aus seiner Zeit in München, und er hatte keine gute Erinnerung an den Fähnrich. Den Sinn der Szene, die er gerade mit ansehen konnte, vermochte er sich zusammenzureimen, obwohl er im Lärm kein einziges Wort verstand.

Er beschloß, Konsequenzen daraus zu ziehen. Noch wußte er nicht, welche, aber handeln würde er. Er verließ das Fest.

Dietmar war ganz in Carolines Anblick versunken gewesen. Dann schloß er die Augen. Wie oft hatte er sich diesen Augenblick ausgemalt, wie oft hatte er in

Gedanken ihre Worte vorweggenommen. Und jetzt war alles ganz anders. Er empfand mit bestürzender Deutlichkeit, daß sie ihm gerade eben entrissen worden war. Denn entweder war sie eine abgefeimte kleine Lügnerin, oder sie stand hoch, sehr hoch über ihm, so hoch, daß er nie hoffen konnte, sie zu erreichen.

„Ich heiße Caroline, nicht Claudia. Mein Bruder ist nicht mein leiblicher Bruder, er heißt Paul und nicht Peter. Und Franz Pannitz ist in Wirklichkeit Franticek Pavel."

„Oh, hättest du doch geschwiegen", murmelte er und war kreidebleich.

Sie packte ihn an den Armen. Und nun brach es aus ihr heraus, alles, was sie so lange geheimgehalten hatte. Mußte sie sich nicht ihm, gerade ihm rückhaltlos öffnen, ihm vertrauen, mochte daraus werden, was wollte? Es brach alles aus ihr heraus, ihre ganze Geschichte, wie sie in der Wiege heimtückisch gegen den toten Säugling einer geistig verwirrten Häuslerin vertauscht worden war. Wie Herta sie dadurch um ihr Erbe betrogen hatte, um selbst Fürstin zu Krötzingen-Waldegg zu werden. Sie erzählte, wie sie in der Hütte im Birkenwäldchen bei Franticek aufgewachsen war, wie Paul zu ihnen kam, sie berichtete, wie oft Herta versucht hatte, sie umzubringen. Sie erzählte, wie oft Paul unter Einsatz seines Lebens für sie eingetreten war – erzählte alles, alles auch vom Tagebuch und seinem Verlust.

Er stand und schwieg. „Auch du weißt nicht alles",

preßte er endlich hervor. „Ich muß nun wählen ..."

„Was meinst du?"

„Ich muß dich verhaften lassen, oder ich muß dich so lieben, daß ich alles aufs Spiel setze, was bisher mein Leben war, mein Regiment, meine Fahne, meine Treue zum König, mein Elternhaus – alles."

Sie verstand nichts, und wie hätte sie auch verstehen können. Sie sah ihm aber offen in die Augen. Ihr Blick war so klar, er ertrug ihn nicht. Sie sagte: „Und nun weißt du nicht, wie du dich entscheiden sollst? Du Armer!" Sie empfand Enttäuschung.

Wie sie an den Tisch zurückkamen, wußten sie kaum.

13

Alles was nun folgte, sahen sie später nur noch wie durch einen Nebel. Dietmar setzte sich nieder, er sank eher nieder, die Knie versagten ihm den Dienst. Er saß neben Paul, der womöglich ebenso aufgewühlt war wie er, er saß neben Annemirl, die immer noch Linien auf den Tisch zeichnete, neben Meister Johannes Zapf und Franticek, denen es langsam unbehaglich wurde, da sie sich keinen Reim auf das Verhalten der jungen Leute machen konnten.

Caroline aber kam nicht dazu, sich zu setzen. Auch sie war aufgewühlt, da war es ihr nur recht, daß ein sehr eleganter Herr sie zum nächsten Tanz aufforderte. Sie ging gleich mit ihm, ohne Franticek um seine Erlaubnis zu fragen, es war nun Trotz in ihr, vielleicht auch eine gewisse Angst ... Was hatte Dietmar gesagt: er mußte sie verhaften lassen? Er war so verändert gewesen, wie vor den Kopf geschlagen. Aber konnte die Wahrheit denn eine so schlimme Wirkung haben? Man mußte die Wahrheit doch ertragen können. Sie hatte ihn doch nicht etwa verloren?

Für sie war der fremde Herr wie ein Rettungsanker. Vielleicht wollte sie Dietmar sogar kränken. Mochte er ruhig eifersüchtig werden. Auch Paul ... ja, auch Paul.

Der fremde Herr war entzückt. Dies war das reizendste Mädchen, das er seit langem im Arm gehalten hatte. Er sprach kein Deutsch, aber Französisch, und das perfekt, und er war hingerissen davon, daß sie in vollkommenem Französisch zu antworten vermochte. Wer hätte das gedacht, ein Wiener Mädchen, denn dafür hielt er sie. Er drehte sie, und er führte ihre Hand an seine Lippen, und er lachte sie an. Er war der geborene Verführer. Caroline spürte, daß sie vor ihm auf der Hut sein mußte. Aber gerade jetzt war sie ja nicht in der Stimmung, auf der Hut zu sein, es war ihr recht, wenn sich die anderen ärgerten, sie wollte ihnen weh tun, denn ihr war selbst weh getan worden.

Und immer waren die gleichen Paare um sie, die gleichen jungen Männer, die niemandem auffielen.

Der Tanz ging zu Ende, und der Herr tanzte wieder

mit ihr. Sie wußte nicht, wer er war, und sie wollte es auch nicht wissen. Mochte er ein Diplomat sein oder ein Offizier, ein Kaufmann oder einfach ein reicher Mann – ihr war es gleich. So begann noch der dritte Tanz.

Da wollte es der Zufall, daß sie in die Nähe ihres Tisches kamen. Paul war schon unruhig geworden. Daß Caroline so flatterhaft war, erregte ihn sehr. Er spürte auch, daß etwas zwischen Caroline und Dietmar vorgefallen war, und das machte ihn so hilflos, daß er den Blick für die Wirklichkeit verlor. Wie der grau gekleidete Herr Caroline den Kopf zu verdrehen versuchte, wie er sie ansah, wie er sie anfaßte ... Ja, was war denn das, nun beugte sich dieser fremde Kerl sogar herab und versuchte, einen Kuß auf Carolines Schulter zu drücken ...

Da sprang Paul auf.

Dietmar wurde aufmerksam. Er sah Paul an, und er blickte den eleganten Herrn an, sah sein markantes Gesicht und erbleichte – wenn das denn noch möglich gewesen war, denn er war ja blaß wie der Tod. Er sprang auf und rief Paul instinktiv mit seinem richtigen Namen an, schrie es: „Nicht, Paul!"

Zu spät. Paul schlug zu und traf den Herrn mitten ins Gesicht. Der Herr parierte, da hatte Paul schon seinen Hirschfänger gezogen und richtete ihn gegen den eleganten Tänzer.

Niemand kann sagen, ob er wirklich zugestochen hätte. Eher wohl nicht. Aber es kam gar nicht zu dieser Probe aufs Exempel. Denn in Sekundenschnelle war der Herr von den anderen jungen Männern umringt, die sich von ihren Tänzerinnen gelöst hatten, sie schirmten ihn mit ihren Körpern ab. Zwei packten Paul, preßten ihm die Arme auf den Rücken und – alles ging schnell, sehr schnell, es gab fast kein Aufsehen unter den Leuten – führten ihn ab, wobei sich ihre Begleiterinnen vor sie schoben, so daß sie aus dem Blickfeld der völlig überraschten Zeugen am Tisch verschwanden.

Und Paul mit ihnen.

Auch der fremde, elegante Herr war gleich nicht mehr zu sehen.

Unfähig zu begreifen, was geschehen war, stand Caroline noch auf der gleichen Stelle. „Paul ...", flüsterte sie. „Aber er wollte doch nicht ..."

„Um Gottes und aller Heiligen willen", murmelte Franticek. „Was war das, wer war dieser Mann?"

„Ihr Unglücklichen!" rief Dietmar. „Das war der Zar, umringt von seinen Leibwächtern. Ein Attentat auf Seine Majestät, den Kaiser von Rußland: Das kann Paul das Leben kosten!"

14

Die Sekunden dehnten sich endlos. Sie saßen wie gelähmt, nur Caroline stand noch, indem sie Halt an der Tischkante suchte. Die Musik wogte, aber sie war zum Geräusch einer Bedrohung geworden.

Dietmar kam als erster wieder zu Verstand. „Wir müssen hier fort, und zwar schnell!"

„Aber Peter!" widersprach Annemirl.

„Peter heißt Paul", sagte Dietmar hart. „Claudia heißt Caroline, und Franz Pannitz heißt Franticek Pavel. Warum – das erkläre ich später. Dazu haben Caroline und Franticek Pavel sehr viel zu sagen. Jedenfalls ist es nicht mehr nötig, Versteck zu spielen. Schon gar nicht vor mir. Für Peter, also Paul, können wir jetzt nichts tun, nicht das Geringste. Aber ihr seid alle selbst in Gefahr. Man könnte euch für Verschwörer, für Pauls Helfer halten und ebenfalls verhaften. Die beiden Männer vor allem. Dem müssen wir vorbeugen. Verlassen wir das Tanzhaus, und zwar rasch."

Dietmar zeigte Energie. Er nahm die Führung an sich, da die anderen dazu kaum in der Lage waren. Meister Johannes Zapf kämpfte hilflos mit seinem lähmenden Schrecken. Caroline empfand schmerzlich, daß sie die Mitschuld an dem Verhängnis, an Pauls folgenschwerer Unbeherrschtheit trug. Annemirl fühlte einfach Schmerz, bitteren Schmerz, der mit Angst vermischt war. Franticek wäre noch der einzige gewesen, der bald wieder klare Gedanken hätte fassen können. Aber es erleichterte ihn, daß der bayerische Fähnrich die Dinge in die Hand nahm.

Er nickte. Er zog Johannes Zapf mit sich empor. Caroline faßte Annemirls Hand. „Rasch, rasch!" drängte Dietmar, indem er sich umblickte, ob sich nicht wieder Geheimagenten oder Polizeibeamte näherten.

Es war aber, als sei nichts gewesen. Der Tanz flutete, die Musik tönte, die Menschen drehten sich, oder sie bewegten sich plaudernd zwischen den Tischen, an denen nur einzelne, Zurückgelassene, Mauerblümchen oder ermüdete ältere Damen und Herren saßen. Überall waren die Kerzen halb herabgebrannt, das Wachs rann tropfend an den Leuchtern herab. Das war eher ein Bild der Ruhe. Von Aufregung oder gar von einem Attentat, von dem morgen vielleicht die Zeitungen berichten würden, war nichts zu bemerken.

Der Zar mochte selbst das größte Interesse daran haben, daß kein Aufsehen entstand. Über seine Eskapaden auf den Bällen wurde sowieso schon mehr als genug geklatscht.

So kamen sie unbehelligt durch die Menschenmenge, unbeachtet sogar, bis auf die bewundernden Blicke der Männer, die den beiden jungen Mädchen stets folgten, wo immer sie auftauchten. Sie erreichten das Eingangsportal, die kühle Luft schlug ihnen entgegen, die Musik verebbte hinter ihnen. Diener mit Fackeln eilten herbei, Droschken warteten, die Pferde stampften. Dietmar ging auf das nächste Gefährt zu, der Fiaker beugte sich herab, sie riefen die Adresse hinauf, stiegen ein, der Wagen rollte an. Sie saßen sich gegenüber, die drei Männer auf der Vorderseite, ein wenig eng, die beiden Mädchen ihnen gegenüber. Es war dunkel im rüttelnden Raum, in den das Räderrollen und der Hufschlag hereinklangen.

6 4941-12

An Caroline nagten die Angst um Paul und der Zweifel, wie Dietmar ihre Enthüllung aufgenommen hatte. Sie hatten sich ja auf eine sehr zwiespältige Art getrennt, Dietmar hatte sich so sonderbar geäußert, er hatte davon gesprochen, daß er sie verhaften lassen oder auf alles verzichten müsse, was ihm bisher das Wichtigste im Leben gewesen war. Sie versuchte das Dunkel zu durchdringen und in seinem Gesicht zu lesen, allein es war vergeblich.

Franticek, der freilich nichts wußte von der Unterhaltung Carolines mit Dietmar, empfand dennoch ähnlich. Er durchschlug den Knoten der Befangenheit. Er wandte sich an Dietmar, der Seite an Seite mit ihm saß und fragte. „Sie wissen also?“

„Alles“, erwiderte Dietmar. „Caroline berichtete es mir.“ Er schwieg, und alle anderen schwiegen, denn es war ja nun an ihm, sich zu erklären. Endlich begann er zu sprechen. „Ich will meinerseits die ganze Wahrheit sagen. Ich weiß mehr, als mir Caroline erzählte, und ich weiß es schon viel länger als seit heute.“

„Länger als seit heute?“

„Ja, Caroline. Ich muß es zugeben. Ich hatte den Auftrag, euch aufzuspüren.“

„Wie, dann bist du ein Jäger, der mich fangen sollte?“

„Nenne es, wie du willst. Das wurde mir befohlen.“

„Und so lange hast du mich hintergangen?“

„Nein, Caroline. Ich war im Zweifel. Noch kannte ich deine Geschichte nicht aus deinem Munde. Als ich dich das erste Mal sah, ahnte ich nichts. Ich hatte dich immer lieber, aber nach und nach, je mehr ich euch kennenlernte, den Vater aus Böhmen, Paul, dich ... Da reimte ich mir manches zusammen. So wart ihr mir beschrieben worden. Freilich, ich wollte es nicht glauben. Das ist die reine Wahrheit. Ich hoffte so sehr, daß ich mich irrte. Lange hätte ich es nicht mehr mit mir herumgetragen. Oft war ich drauf und dran, mit dir zu sprechen. Oft wollte ich meinen Feldmarschall bitten, mich von diesem Auftrag zu entbinden ..."

„Deinen Feldmarschall? Gab er dir den Befehl?"

„Auf Anweisung des Königs, ja!"

Caroline dachte nach. Dann faßte sie einen Entschluß. „Ich will ein Ende machen", rief sie. „Verhafte mich also! Gehorche deinem Befehl, verhafte mich jetzt!"

Da beugte sich Dietmar von Rauteneck, der bayerische Fähnrich, vor und legte seine Hand auf Carolines Unterarm. Auch im Dunkeln fand er ihn leicht, denn ihn führte sein Herz. „Nein, Prinzessin", sagte er. Seine Stimme war klar. „Nein, Prinzessin! Ich quittiere den Dienst, mag daraus werden, was will, mag man mich vor ein Militärgericht stellen und auf der Festung einkerkern, Gott sei mein Zeuge, ich stehe zu dir! Und verzeih mir, wenn ich auch nur einen Augenblick lang im Zweifel war."

Ein Schluchzen, das sie zu unterdrücken versuchte, stieg in Carolines Kehle hoch und hinderte sie am Sprechen. Aber ihre Hände fanden sich, sie lagen ineinander, faßten sich fest. Das sagte mehr, als Worte gekonnt hätten.

„He, wir sind da!" rief der Kutscher vom Bock. Er klopfte an die Scheibe. Sie hatten nicht bemerkt, daß der Wagen anhielt, die Pferde schnaubten, das Räderrollen verklungen war. Annemirl und ihr Vater hatten wie benommen einer Unterhaltung zugehört, von der sie nur wenig verstanden, andere Namen, Befehle vom Feldmarschall, gar vom König, Verhaftung, Gefangenschaft ... Und nun noch Prinzessin ... Sie vermochten sich keinen Reim darauf zu machen.

Nur daß Peter – Annemirl konnte sich noch nicht so schnell daran gewöhnen, ihn Paul zu nennen – verhaftet und verschleppt worden war, vergaßen sie nicht.

Sie stiegen aus. Sie eilten ins Haus und betraten Meister Zapfs Wohnzimmer. Rasch wurden Kerzen angezündet.

Caroline und Dietmar setzten sich nebeneinander. Franticek hatte begriffen, daß sich eben Schicksalhaftes ereignete. Er verstand aber auch, daß Caroline einen Verbündeten gewonnen hatte.

Er wandte sich Annemirl und dem Konditormeister zu: „Ich will euch bald alles erklären. Fühlt euch nicht von uns hintergangen. Wir hatten triftige Gründe. Es ging um Carolines Leben – und darum geht es ja noch. Doch davon ein andermal. Jetzt ist Paul wichtiger!"

„Ihm muß geholfen werden", stimmte Zapf zu.

„Wenn wir nur wüßten, was mit ihm geschehen ist",

rief Annemirl. Ihre Augen glänzten feucht. „Er wußte doch nicht, wen er vor sich hatte, es war doch alles nur ein unglücklicher Zufall."

„Aber leider auch eine unbedachte Tat", meinte Caroline. „Ach, er war immer so impulsiv."

„Aber er ist doch kein Verbrecher", beharrte Annemirl auf ihrer Meinung. „Man kann ihn doch nicht vor Gericht stellen, man kann ihn doch nicht verurteilen."

„Wenn es nur das wäre", meinte Dietmar düster. „Würde er der Wiener Polizei übergeben, käme er vor ein ordentliches Gericht. Dann hätte ich Hoffnung. Wir könnten ihn verteidigen lassen, es verginge Zeit ... Nein, ich fürchte viel Schlimmeres! Der Zar von Rußland wird alles daran setzen, diesen Vorfall, der ja auch für ihn peinlich ist, nicht bekannt werden zu lassen. Er wird Paul nicht der Wiener Polizei überstellen. Er wird ihn selbst gefangenhalten."

„Aber wo?"

„Wenn wir das wüßten!"

„Und wozu? Zu welchem Zweck? Und was dann? Er wird ihn doch nicht erschießen lassen!"

„Das glaube ich auch nicht", sagte Dietmar nach kurzer Überlegung. „Jedenfalls nicht dieser Zar. Kaiser Alexander ist humaner als viele seiner Vorgänger."

„Da danke ich Gott!" rief Annemirl.

Sogleich dämpfte Dietmar ihre Freude: „Aber es gibt nun einmal Zeugen des Vorfalls, und seine Leibwächter haben gesehen, daß ihr Zar mit dem Messer bedroht wurde. Deshalb kann Alexander nicht einfach darüber hinweggehen. Das würde der Tradition zu sehr widersprechen, nach der die Person des Kaisers heilig ist. Er müßte befürchten, auf Unverständnis zu stoßen, er könnte sogar Ungehorsam provozieren. Nein, er muß strafen, und zwar hart!"

„Aber wie?"

„Verbannung", erklärte Dietmar. „Die Russen schicken ihre Verbrecher nach Sibirien."

„Aber Paul ist kein Verbrecher!"

„Das wird man in Moskau anders sehen. Und wenn man Paul politische Motive unterstellt, dann kehrt er niemals wieder."

Annemirl schlug die Hände vors Gesicht. Tränen rannen ihre Wangen herab.

„Man muß etwas tun, mein Gott, man muß doch etwas tun", rief Vater Zapf. „Ich werde zu meinem Kaiser Franz laufen und mich ihm zu Füßen werfen!"

„Er wird sich nicht einmischen. Er braucht die Unterstützung des Zaren für seine Politik. Dem österreichischen Kaiser wird ‚die Affär', wie er es nennen wird, nur unangenehm sein. Hinzu kommt, daß Paul nicht sein Untertan ist, er ist kein Österreicher, sondern Bayer, und mit den Bayern steht sich Österreich nicht so gut. Sie zanken um Salzburg."

„Warum denkt niemand an mich?" fragte Caroline. „Ich bin, schuldlos oder schuldig, die Verursacherin des Unheils. An mir liegt es zuerst, das Schlimmste von Paul abzuwenden."

„Was willst du tun? Bedenke doch deine Lage", sagte Franticek. „Man hält dich für eine Betrügerin!"

„Es gibt nur einen Weg", erklärte Caroline. „Dieser Weg ist der direkte. Nur ein einziger Mensch auf der Welt kann hier entscheiden. Das ist der Zar selber. Ich werde zu ihm gehen. Ich werde mit ihm sprechen und ihm alles erklären. Er wird mich verstehen! Ich werde ihn um Pauls Freiheit bitten, und er wird sie mir nicht verweigern."

„Ich wußte, daß du so denken würdest", meinte Franticek. „Aber ich fürchte dennoch für dich!"

„Was sollte mir geschehen?"

„Der Zar ... Deine Unschuld, Kind!"

„Wie meinst du das?"

„Der Zar liebt die Frauen, das beweist er täglich aufs neue. Und er ist mächtig. Er könnte dir ein ... nun, nennen wir es Geschäft ... Er könnte dir ein Geschäft vorschlagen, einen Handel!"

„Ich weiß immer noch nicht ..."

„Er könnte etwas von dir fordern, das dir die Schamröte ins Gesicht treiben und das du empört ablehnen wirst."

„Dann töte ich mich vor seinen Augen!"

15

Zar Alexander I., Kaiser von Rußland, auch Herrscher aller Reußen genannt, bewohnte wie all die anderen Monarchen, die am Wiener Kongreß teilnahmen, einige Zimmer in der Wiener Hofburg. Aber selbst dieses gewaltige Gebäude, die Residenz des österreichischen Kaisers, konnte so vielen gekrönten Häuptern kaum genügend repräsentative Räume bieten.

Caroline mußte drei Tage warten, ehe sie vorgelassen wurde. Daß sie der Zar überhaupt empfing, verdankte sie nur den guten Beziehungen des Hofkonditors Meister Zapf zu den verschiedensten Dienern, zum Oberküchenmeister, zum Hofkoch, zum Audienzlakai bis hin zu Hofräten, sogar zu Ministern und Exzellenzen. Schwierig war es dennoch gewesen, weil man den Grund, weswegen die Demoiselle den Zaren so dringend zu sprechen wünschte, nicht verraten wollte.

„Wir können nur Hoffnung haben, wenn der Zar nichts ahnt. Er muß von Carolines Wunsch überrascht werden, um dann spontan, aus seinem Gefühl heraus Pauls Befreiung zu bewilligen", hatte Dietmar geraten. „Wenn seine Beamten Gelegenheit erhalten, vorher mit ihm zu sprechen, verringern sich unsere Chancen! Vielleicht läßt man Paul sogar schon vorher wegschaffen."

Der Konditormeister erklärte deshalb, daß die junge Dame – eine sehr gute Bekannte von ihm – den Zaren in einer Familienangelegenheit um seine Hilfe bitten wolle, was ja durchaus den Tatsachen entsprach. Hilfreich dabei war gewiß, daß er die Bittstellerin als ausnehmend reizvoll schildern konnte. Der Zar war immer neugierig auf ein hübsches, neues Gesicht.

Die Wartezeit zerrte an ihrer Geduld. Aber endlich hatten sie Glück. Der Zar erklärte sich bereit, Caroline am vierten März um zwei Uhr nachmittags in der Hofburg zu empfangen.

Caroline kleidete sich mit aller Sorgfalt, sie vermied es aber, ihn zu deutlich an das Mädchen vom Ball zu erinnern. Sie wählte daher nicht ihr Ballkleid, sondern eine einfarbige, hellgelbe Robe mit hochgesetzter Taille, von der der Rock lang und schlank herabfiel. Es war ein Kleid von schlichter Eleganz. Und ihre langen Haare faßte sie mit einem Samtband im Nacken zusammen, so daß ein Schopf entstand, der über ihren Rücken herabhing.

Es kam auf jede Kleinigkeit an. Und ihr hübsches Aussehen war bestimmt keine Kleinigkeit, sondern eine ihrer stärksten Waffen.

Vor dem Ausgehen stand sie still im Zimmer, in vollendeter Haltung, einen Arm in Hüfthöhe abgewinkelt, den anderen auf eine Stuhllehne gestützt. Sie sah aus wie von Meisterhand gemalt.

Dietmar ließ Caroline sehr ungern gehen, er hätte sie am liebsten bis zum Zaren begleitet. Aber er wußte, daß er damit alles verderben würde.

Es war ein feuchtkühler Tag, dieser vierte März 1815.

Johannes Zapf schloß die Konditorei. Sie fuhren zu viert im Fiaker zur Hofburg. Vor dem mächtigen Portal hielten sie an. Annemirl küßte Caroline auf die Wange, als diese ausstieg. „Alles Glück der Erde!" hauchte sie. Franticek umarmte sie kurz. „Gott segne dich!“ Das wünschte auch der Konditormeister. Und Dietmar zog ihre Hand an seine Lippen.

„Wir warten hier in der Kutsche auf dich, mein Kind“, versprach Franticek, „selbst wenn es Abend werden sollte!“

„Bis in die Nacht“, ergänzte Johannes Zapf, fügte aber gleich erschrocken und sehr leise hinzu: „Was Gott verhüten möge!“

Caroline stieg aus. Spatzen suchten auf den Pflastersteinen ihre Nahrung. Der Vorplatz war belebt, aber der Hof der Burg war es noch mehr. Caroline mußte ihn überqueren, nachdem sie der Wache am Eingang das Schreiben vorgewiesen hatte, das sie vom Sekretär des Zaren als Ausweis erhalten hatte. Dieses Schreiben ebnete ihr auch später den Weg. Ein Lakai führte sie über die breite Treppe in den Seitentrakt, den der Zar bewohnte. Der Palast war voller Menschen, in einem Bienenschwarm konnte es nicht lebendiger zugehen. Alles rannte, hastete und schob durcheinander, Schreiber mit Büchern, Minister mit Akten, adelige Besucher mit zierlichen Stöckchen am Silbergriff, Diener in bunter Livree mit weißen Zopfperücken.

Entsprechend waren die Geräusche der Gespräche, der Schritte, und alles hallte unter hohen Gewölbedecken. Säulen standen rechts und links, an den Decken prangten Gemälde, die mit Stuck eingefaßt waren.

Sie kamen in ein kleines Kabinett. Hier mußte Caroline erneut warten. Der Diener ließ sie allein.

Caroline bemerkte nichts um sich herum. Sie sah nicht die hohe, weiße Tür, die mit goldenen Ranken überzogen war, sie achtete nicht auf die kostbare Ausstattung, nicht auf die Wände, die man mit exotischen Hölzern verkleidet hatte, über die ein Gespinst vergoldeter Muscheln verstreut war. Und alles war aufgelockert durch zahlreiche Tafeln mit persischen Miniaturen, die anmutige Menschen im Gespräch oder beim Musizieren zeigten.

Endlich kam ein Herr. Er schritt zu dem runden Tisch, um den Sessel gruppiert waren. Als er sie erblickte, schien er erstaunt zu sein. Sie kam ihm bekannt vor und doch wieder nicht. Er trug eine dunkelblaue Uniform mit goldenen Schulterstücken und goldenen Knöpfen. Er verneigte sich und wies mit der Hand auf einen Sessel, indem er sich selber niederließ.

Caroline setzte sich. Sie wußte, daß sie nicht als erste reden durfte.

Er fragte bald: „Kenne ich Sie, Demoiselle?"

„Euer Majestät tanzten mit mir", antwortete sie, ohne mehr zu verraten.

Er nickte. „Das erstaunt mich nicht! Wenn Sie auf einem Ball waren und ich Sie dort gesehen habe, dann wäre ich ein Dummkopf gewesen, wenn ich Sie nicht aufgefordert hätte."

„Sie haben mir eine hohe Ehre erwiesen, Majestät. Ich ahnte damals ja nicht ..."

„Und das war gut so! Das sollte so sein!"

Caroline faßte sich ein Herz. Sie mußte reden, sie

mußte sich von dieser Last befreien. Sie sagte leise und mädchenhaft: „Ach, aber leider ... Gerade das hat uns Unglück gebracht, Majestät!"

„Aber wie kann das sein? Sie wollen doch nicht sagen, daß ich ungebührlich, daß ich zudringlich geworden bin?"

„Gewiß nicht ... Ach nein ... Nur mein Bruder ... Ach, verzeihen Sie, Majestät, aber er mißverstand die Freundlichkeit Euer Majestät ..."

„Nun, und?"

„Es war nur Eifersucht, nichts als blinde Eifersucht! Er war an diesem Abend so furchtbar durcheinander, ich kann es nicht anders erklären, es war da noch ein anderer Mann ... Und er ist sehr verliebt in mich!"

„Begreiflich", murmelte der Zar. „Oder auch nicht ... Ihr sagt, es sei Euer Bruder?"

„Und da war noch ein anderes Mädchen ... Das alles hat ihn so verwirrt, daß er schließlich ... Ja, er wußte nicht mehr, was er tat. Aber es war keine Absicht!"

„Keine Absicht? Ich verstehe immer noch nicht!"

„Er wollte Sie nicht töten, gewiß nicht, er wollte Sie nicht einmal verletzen, er fühlte sich eher schwach, als er den Dolch zog, und es war ja nur ein kleiner Hirschfänger ..."

„Das war es also", sagte der Zar. „Natürlich, das Attentat. Nun, ich war freilich auf eine Petition seiner Familie gefaßt, auf eine Bittschrift. Nun sind Sie selber erschienen. Und Ihre Eltern haben Sie vorgeschickt, weil sie auf Ihre Schönheit und Jugend setzen. Ich muß sagen, daß mir das mißfällt. Ihre

Mutter wäre besser selber gekommen."

„Ich habe keine Mutter mehr", erklärte Caroline. „Und meinem Vater mußte ich es ausreden. Ich wollte alleine zu Ihnen, Majestät. Sie sind sehr freundlich zu mir gewesen. Ich habe großes Vertrauen zu Ihnen!"

„Aber ich wurde mit der blanken Waffe bedroht. Aus Eifersucht, sagen Sie?"

„Nur aus Eifersucht!"

„Aber das ist seltsam. Das klingt unglaubwürdig, ich sehe da einen Widerspruch. Sie sprachen ja von Ihrem Bruder, Demoiselle, wie erklärt sich das, daß ein Bruder so verliebt in seine Schwester sein kann und so eifersüchtig. Nicht nur auf mich, Sie sprachen ja auch von einem anderen Mann."

„Ein bayerischer Fähnrich", erklärte Caroline errötend. „Ja, Paul war glühend eifersüchtig."

„Ihr Bruder liebt Sie? Aber das ist unnatürlich!"

„Ach, ich glaube, daß er eigentlich in ein anderes Mädchen verliebt ist und es nur noch nicht weiß – oder nicht wahrhaben will. Diese Verwirrung steigerte seine Erregung."

„Ein Bruder ... So eifersüchtig auf seine Schwester? Ich nehme Ihnen das nicht ab, Demoiselle. Man würde mir das auch nicht glauben, wenn ich es meinen Offizieren erklären wollte. Ein Angriff auf ihren Zaren ist für sie das größte aller Verbrechen, ein Todesverbrechen, Demoiselle. Und das – nur aus Eifersucht ... von einem Bruder ..."

„Es ist ..." Caroline stammelte, denn sie spürte den

Ernst der Situation. Wenn sie sich jetzt nicht richtig ausdrückte, konnte sie alles verderben. Am besten war vielleicht die Wahrheit. „Paul ist nicht mein richtiger Bruder, Majestät."

„Paul? Ja, so heißt er, er hat es meinen Leuten gestanden, nicht sehr gern, wie ich zugeben muß. Es wurde da ein wenig nachgeholfen."

O Gott, dachte Caroline, Paul wurde geschlagen, vielleicht sogar gefoltert!

„Beruhigen Sie sich", sagte der Zar, der ihre Gedanken erriet. „Er lebt noch, und es geht ihm gut, den Umständen entsprechend."

„Wo ist er?" fragte Caroline erschrocken.

„Er ist nicht hier, nicht in der Hofburg – natürlich!"

„Aber wo?"

„Er ist gut untergebracht. Meinen Leuten steht ein Stadtpalais zur Verfügung, das Palais Zinnowitz. Dort, im Hof, also in der Remise, im ersten Stock, unter dem Dach, dort hält er sich auf. Ein alter Gardist bewacht ihn. Noch einmal, es geht ihm gut."

„Aber er wird gefangengehalten", rief Caroline. „Gegen seinen Willen!"

„Bedenken Sie, für meine Leute ist er ein Attentäter. In ihren Augen hat er den Tod verdient."

„Aber er wußte doch nicht, daß Sie es waren, Sie, der Zar von Rußland!"

„Das soll ich Ihnen glauben? Man kennt mich in Wien bereits, leider nur allzugut. Und dann – Sie verstricken sich in Widersprüche. Nein, ich kann diesen Affront nicht ungesühnt lassen. Es darf kein Präzedenzfall geschaffen werden. Es geht nicht um mich, es geht um die Person des Zaren. Sie ist unantastbar und muß es bleiben. Demoiselle, es ist bereits entschieden, Ihr Paul wird nach Rußland gebracht. Er kommt zunächst in ein Moskauer Gefängnis. Dann wird man ihm den Prozeß machen. Er hat dann die Gelegenheit, sich zu verteidigen."

„Majestät!" rief Caroline. „Aber das bedeutet den Tod – oder die Verbannung, Sibirien!" Sie sprang auf.

Der Zar empfand, wie schön sie war in ihrer flammenden Erregung. „Beruhigen Sie sich! Haben Sie so wenig Vertrauen in meine Richter?"

„Dieses Vertrauen habe ich in Euch, Majestät! Nur in Euch! Ich bitte Sie, ich flehe Sie an, geben Sie Paul frei. Geben Sie ihn hier frei, geben Sie ihn gleich frei!"

Caroline warf sich vor dem Zaren auf die Knie. Sie faßte seine Hand, sie küßte sie, sie lehnte ihre Stirn darauf, denn er zog sie nicht zurück. Ein Schluchzen ließ ihre Schultern erbeben.

Der Zar sah mit Rührung auf sie hinab. Sie war so reizend, so jung, und er empfand, wie wehrlos sie war. Und war er denn nicht ein Mann, hatte er denn nichtden natürlichen Instinkt, sie zu beschützen?

„Demoiselle", murmelte er. „Stehen Sie auf."

„Nicht, bevor Sie versprochen haben, meine Bitte zu erfüllen!"

„Aber – das kann ich nicht!"

„Niemand außer Ihnen kann es! Nur Sie haben die Macht dazu!"

„Ich will mit meinem Minister sprechen", murmelte er. „Vielleicht findet sich eine Begründung, die ich meinen Offizieren zumuten kann."

„Ich stehe nicht auf", rief Caroline. „Es sei denn, Sie geben mir Ihr Wort – jetzt, Majestät! Ich appelliere an Ihr Herz! Ich appelliere an Ihre Großmut! Handeln Sie so, daß ich Ihnen mein ganzes Leben lang danken und Ihren Namen in meine Gebete flechten kann!"

Unwillkürlich trat ein feines Lächeln auf seine Züge. Ihr unschuldiger Charme rührte ihn. Sie kokettierte nicht, und er ahnte, daß sie die Wahrheit sprach.

Ja, es hätte in seiner Macht gestanden, Paul freizugeben, jetzt, in dieser Minute. Es war gewiß richtig, daß er auf Ordnung und Disziplin achten mußte, aber in letzter Instanz war ihm auch das Recht zur Gnade verliehen. Mußte er es nicht ausüben, um dieses reine Geschöpf glücklich zu machen?

Jetzt gleich? Nein, er wollte sie wiedersehen. Es mußte genügen, daß sie ihn mit einer Erwartung verließ. Um so größer würde ihre Dankbarkeit später sein.

„Kommen Sie morgen wieder", sagte er.

„Ich stehe nicht auf ..."

„Verderben Sie nichts durch Hartnäckigkeit, Demoiselle. Sie dürfen hoffen", erklärte er.

„Gewiß?"

„Ich nehme meine Antwort von morgen nicht vorweg!"

Sie erkannte, daß sie jetzt nicht mehr erreichen konnte. Sie spürte aber auch, daß sie gesiegt hatte. Er würde sie morgen nicht empfangen, um sie mit einer Hiobsbotschaft zu zerschmettern. Vielleicht – und sie zitterte bei diesem Gedanken –, vielleicht erhoffte er sich etwas von ihrer Dankbarkeit.

„Wann darf ich kommen?" fragte sie, indem sie sich anmutig erhob.

„Ich erwarte Sie um elf Uhr", erwiderte er. Nun ging er weiter, als er es eigentlich gewollt hatte. Er beugte sich ein wenig vor, zog ihre Hand an seine Lippen und sagte: „Und dann wünsche ich mir, Sie wieder lächeln zu sehen!"

Das war der Sieg!

Sprechen wir nicht von Carolines Abgang, von ihrer Rückkehr in den Fiaker, sprechen wir nicht davon, wie sie die Nacht verbrachten, alle.

Es wurde Morgen, der fünfte März. Die Gassenjungen schrien die Botschaft durch die Straßen: „Napoleon ist zurückgekehrt. Der Kaiser hat Elba verlassen! Napoleon ist in Frankreich gelandet!"

Caroline stand vor der Hofburg. Man ließ sie nicht ein.

„Seine Majestät ist abgereist. Der Kaiser mußte zu seinen Truppen. Es wird wieder Krieg."

„Aber hinterließ er denn keine Nachricht für mich?"

„Keine, Demoiselle! Bedenken Sie die Plötzlichkeit, die Überraschung, die Tragweite der Ereignisse!"

7 4941-12

16

Caroline lief nicht, sie flog in die Kutsche zurück. Ihr Atem ging schnell, ihr Herz klopfte wild. Sie war so erregt, daß sie die böse Kunde kaum herauszustammeln vermochte.

„Sofort heim!" Das war Dietmars erste Reaktion. Und leiser fuhr er fort: „In Wien haben die Kutschen Ohren."

Der Fiaker wurde zur Eile angetrieben. Sie jagten durch den Verkehr. Die rasende Kutsche fiel kaum auf. Die ganze Stadt schien aus einem trügerischen Frieden aufgescheucht worden zu sein, aufgestört von der Nachricht, von der die Weltgeschichte wieder auf den Kopf gestellt wurde.

Als sie wieder bei Meister Zapf beisammen waren, setzten sie sich zunächst nicht. Was tun? Was tun?

„Behaltet die Ruhe", riet Dietmar. „Die neue Situation ist wirklich schlecht, das ist wahr. Hätte der Zar Paul schon freigelassen, wären wir alle glücklich. Aber wissen wir denn, ob er es wirklich getan hätte? Vielleicht hat die neue Entwicklung sogar ihr Gutes – ich meine, es hätte noch schlimmer sein können ..."

„Noch schlimmer?" fragte Caroline.

„Ja, denn jetzt gibt es für ihn viel wichtigere Dinge. Es könnte sein, daß Paul vergessen wird."

„Aber dann ist er für immer gefangen!" Annemirl war verzweifelt.

„Nicht, wenn wir ihn befreien können“, erklärte Dietmar. „Aber setzt euch zunächst!“

Sie folgten seiner Aufforderung, legten Mäntel, Hüte und Schals ab. Und sie schwiegen verblüfft. Diese Pause nutzte Dietmar, um seinen Plan zu erklären, den er freilich auch erst während des Redens ganz entwickelte. „Wir müssen vor allem wissen, wo Paul gefangengehalten wird.“

„Ich weiß es, der Zar verriet es mir“, erklärte Caroline. „Ich konnte es mir merken, weil ich das Haus kenne. Er ist im Palais Zinnowitz, genauer, in der Remise im Hof, im ersten Stock, unter dem Dach. Ein alter Gardist bewacht ihn!“

„Nur ein alter Gardist? Das klingt gut“, meinte Dietmar. „Er wird kaum ins Feld ziehen. Aber die anderen Soldaten und männlichen Bewohner des Hauses dürften Wien wohl verlassen. Paul ist also nicht sehr gut bewacht. Die Frage wird sein, wie wir in die Remise kommen, um den Gardisten zu überwältigen.“

Alle versanken in Nachdenken. Sie erwogen die verschiedensten Pläne, aber Dietmar verwarf sie als zu riskant. Er suchte nach einer List.

Endlich meinte Annemirl: „Ich glaube, ich weiß etwas!“

„Rede!“

„Leise!“ Über dem Tisch steckten sie die Köpfe zusammen.

Dann nickten Franticek und Dietmar zustimmend. „So könnte es vielleicht gehen. Es ist zwar auch gefährlich ...“

„Aber ein Risiko müssen wir eingehen“, rief Caroline.

Meister Zapf runzelte die Stirn. Er hatte immer noch Bedenken, aber er stellte sie dann doch zurück.

Es gab keine andere Wahl.

17

In der Dämmerung des folgenden Tages schlenderten zwei einfach gekleidete Mädchen auf das Tor des Palais Zinnowitz zu. Ihre Haare waren unter Kopftüchern verborgen. Braune Wollröcke schwenkten um ihre Füße, die in schwarzen Halbstiefeln steckten. Beide trugen große Henkelkörbe. Sie schwatzten lange mit dem Torwärter, lachten, kicherten und schenkten ihm Gebäck.

Die Mädchen behaupteten, sie müßten etwas liefern und würden in der Küche erwartet.

Es war am Tage nicht schwer, in das Palais eingelassen zu werden. Diener, Lakaien, Boten, Bauern, Schreiber, Lieferanten kamen und gingen, solange die Sonne am Himmel stand.

Die beiden Mädchen wollten aber gar nicht in die Küche, auch nicht ins Haus, sie gingen in den Innenhof. An seiner rechten Seite stand die Remise, ein baufälliges Holzhaus, in dem unten eine Kutsche und Gerätschaften aufbewahrt wurden. Eine Treppe führte außen zum ersten Stockwerk hinauf, das zugleich das einzige war, denn darüber war nur noch das Dach. Außerdem gab es noch einen offenen Schuppen im Hof, und in der Mitte neben dem Brunnen breitete ein Nußbaum seine Zweige aus.

Die Mädchen setzten sich hinter den Schuppen. Sie wollten sich zwar verbergen, und das taten sie auch, aber es sollte doch auch so sein, daß sie sich herausreden konnten, wenn man sie fand. Sie hockten sich nieder und knabberten Kekse.

Allmählich begann es zu dämmern. Dann wurde es dunkel.

Vor dem Palais in der Seitengasse hielten sich drei Männer in einem Hauseingang verborgen. Auch sie warteten. In manchen Zimmern des Palais brannten bald Kerzen. Ihr Licht war aber schwach, es fiel nicht in den Hof. Neben dem Hintertor des Haupthauses und vor der Treppe der Remise allerdings, an der Seite, zündete ein Lakai Laternen in Glashauben an.

Der Nußbaum stand schwarz und schweigend, ein Riese in der Nacht. Der Brunnen rauschte. Hoch oben glimmten Sterne, und die schmale Mondsichel leuchtete.

„Jetzt?“ schlug Annemirl vor.

Caroline nickte. Sie schlichen zur Außentreppe der Remise, auf geschmeidigen Sohlen und auf Zehenspitzen. Wie die Katzen kletterten sie empor. Die Tür war nicht zugeschlossen, sie ließ sich leicht öffnen.

Der Raum war mäßig erleuchtet. Auf dem Holztisch brannte eine Kerze. Eine zweite lag daneben. Es gab zwei Hocker und einen dritten an der rechten Wand. Auf der linken Seite befand sich eine braune Tür. Dort wurde wohl Paul gefangengehalten.

Der alte Gardist, der stumm vor sich hin gedöst hatte, schreckte auf und griff nach seinem Gewehr. „Was wollt ihr?“ fragte er, sehr überrascht, zwei Mädchen vor sich zu sehen.

Das war nun schwierig: Der Mann sprach nur schlecht Deutsch. Sie lächelten ihn an. Er stand auf, ging ein paar Schritte zurück, betrachtete sie mißtrauisch und richtete seine Waffe gegen sie.

Da lachte Annemirl, setzte sich und packte ihr Körbchen aus, zwei Flaschen Wodka, genug, um drei Mann zu betäuben, Kuchen, Kekse. Auch Caroline setzte sich, sie stellte ihr Körbchen neben sich auf den Boden.

„Wir waren gerade in der Küche“, versuchte Annemirl mit ihrer schmeichelnden Stimme zu erklären. „Wir haben etwas geliefert, verstehst du? Geliefert ... Brot ... Schinken ... Nun wollten wir dir ein wenig Gesellschaft leisten. Hab keine Angst. Trink!“ Sie hob ihm die Flasche entgegen.

Er kratzte sich im Nacken. Zwei so junge und hübsche Dinger ... Er verstand nicht recht, was sie sagten, aber das, worauf sie zeigten, das kannte er, und das gefiel ihm. Sein Leben war sehr eintönig hier, sehr langweilig.

Beide strahlten ihn an.

Caroline ließ ihre Augen durch die Stube schweifen. Sie brauchte nicht lange zu suchen: Sie sah den

Schlüssel gleich, den der Mann am Gürtelstrick trug, über der gebauschten Kosakenhose, den großen, rostigen Schlüssel.

Hoffentlich hörte sie Paul nicht, oder wenn doch, dann war er hoffentlich so klug, kein Geräusch zu machen oder sie gar zu rufen.

Annemirl hob die Flasche an ihre Lippen. Sie tat, als wenn sie trinken würde, schluckte, trank aber nicht, keinen Tropfen. Dann hielt sie dem Mann die Flasche entgegen.

Da griff er zu und tat einen tiefen Schluck. In diesem Augenblick war es entschieden. Er hatte nachgegeben. Und der hochprozentige Alkohol tat sofort seine Wirkung. Er rann stechend, brennend seine Kehle hinab, und er heizte sein Inneres, er machte ihn heiter, frei und benommen.

Der alte Gardist angelte mit dem Fuß nach dem dritten Hocker und ließ sich darauf nieder. Er lachte die Mädchen vertraulich an. Er trug einen dichten Bart und roch stark nach Knoblauch. Caroline und Annemirl mußten sich sehr zusammennehmen, aber sie ließen sich nichts anmerken. Sie animierten ihn desto mehr zum Trinken. Er begann bald zu kichern und griff nach ihnen. Caroline schob seine Hand fort.

„Das nicht!“ sagte sie streng. Da lachte er gluckernd.

Die Mädchen versuchten ihn bei Laune zu halten. Das war nicht schwer, denn er wurde immer fröhlicher. Er war zunächst noch so klug, das Ungewöhnliche, vielleicht sogar Bedenkliche seiner Situation als

Gefangenenwächter zu erkennen. Er legte einen Finger auf den Mund, machte „psst!" und deutete zur Treppe hin. Dann kicherte er wieder und betäubte seine Besorgnis mit einem weiteren Schluck. Bald begann er zu lallen und kleckerte auf die weite, über den Bund herabhängende Bluse.

„Trink, trink", ermunterte ihn Annemirl.

Er wurde selig. Wäre nur jeder Abend so wie dieser. Er wollte, daß die beiden Mädchen näher rückten, sie taten ihm schließlich den Gefallen. Er legte rechts und links seine Arme auf ihre Schultern und rülpste, schon benommen.

Plötzlich fiel er vornüber auf den Tisch. Da lag er und rührte sich nicht mehr.

Schnell machten sich Annemirl und Caroline frei. Sie hoben seinen Kopf und schoben seine Arme darunter, so daß seine Augen zugedeckt wurden. Caroline nestelte an seiner Gürtelschnur, zog die Schleife auf und band den Schlüssel ab. Annemirl entzündete die zweite Kerze an der ersten und reichte sie Caroline hinüber. Caroline nahm sie, hob ihr Körbchen auf und schlüpfte zur Seitentür. Der Schlüssel paßte. Die Tür öffnete sich knarrend.

Caroline trat in den dunklen Raum. Sie hob die Kerze hoch, um zu leuchten. Paul stand schon bereit.

„Ich hörte euch", sagte er leise. Er war nicht gefesselt, das erleichterte alles.

„Rasch, rasch!" Caroline griff in ihren Korb und warf ihm Rock, Bluse und Kopftuch zu. Dann war sie wieder draußen und zog die Tür hinter sich zu.

Paul begriff. Er kleidete sich schnell um. Und doch dauerte es den Mädchen fast zu lang. Endlich schob er die Tür auf und lugte hinaus. Caroline saß am Tisch, Annemirl kauerte im Rücken des Gardisten an der Wand und machte sich klein.

Paul trat neben Caroline. Er war jetzt als Mädchen verkleidet und hatte ein Tuch so über die Haare gebunden, daß es auch noch die Wangen bedeckte und unter dem Kinn verknotet war.

Da hob der Gardist den Kopf. Sie erschraken. Der Mann war benommen. Er sah zwei Mädchen wie vorhin, nun, vielleicht sah er auch drei in seinem Rausch. Da reichte ihm Caroline beherzt die Flasche. Er trank schwankend und fiel wieder vornüber.

Caroline nahm Pauls Hand. Sie zog ihn zur Treppe. Kaum waren sie fort, stand Annemirl bei dem Wächter.

„Mädchen ... noch da?“ murmelte er.

„Ja, wir sind noch da, natürlich“, sie legte ihm die Hand auf die Schulter und drückte ihn nieder. Das beruhigte ihn.

Annemirl wartete, bis die Schritte unten verklungen waren. Dann schlich sie hinterher, auch die Treppe hinab, auch über den Hof, wo der Brunnen rauschte und wo immer noch die Mondsichel über dem Nußbaum stand. Es war sehr dunkel, nur die beiden Wandlampen flammten, die Kerzen blakten.

Im Kutschendurchgang des Palais warteten Caroline und Paul. Jetzt kam der heikelste Moment. Vor dem verschlossenen Tor saß der Wächter nach vorne gebeugt. Er war eingeschlafen.

Die drei Mädchen – denn das sollte er glauben – schlenderten zu ihm. Annemirl stupste ihn. „He, mach uns auf! Wir haben zu lange geschwatzt!"

Der Mann schreckte empor. Er glotzte sie an. „Wo seid ihr gewesen?"

„Na, in der Küche, wo sonst? Du hast uns doch eingelassen!"

„Habe ich das?" fragte er. „Aber seid ihr nicht nur zwei gewesen?"

„Was denkst du", fragte Caroline kichernd. „Wir haben uns eben in der Küche vermehrt!"

Paul schwieg, seine Stimme hätte ihn verraten, er zog das Tuch tief über die Stirn, nur seine Augen guckten heraus.

„Laß uns hinaus", bat Annemirl den Torwächter. „Du kennst mich doch! Du weißt doch ... Ich mag den Koch! Und so was kann ja mal vorkommen ..."

Nun lächelte er verständnisvoll. Er schloß die Tür auf, und die drei Mädchen schlüpften hinaus. Plötzlich wurde der Torwächter munter und griff nach einem der Mädchen. Caroline drehte sich wütend um.

Und schon waren drei Männer da, wie aus dem Erdboden gewachsen kamen sie blitzschnell aus dem Dunkel. „Laß unsere Mädchen in Ruh!" Das klang drohend. Und die drei waren in der Überzahl.

„Na ja doch", murrte der Mann.

Schon verschluckte die Gasse alle, und der Wächter schlug die Tür hinter ihnen zu.

„Jetzt schnell, ehe Pauls Flucht entdeckt wird", rief

Franticek mit unterdrückter Stimme.

In der Finsternis, an der nächsten Straßenecke, wartete ein Fiaker, schwarz und selbst ein Teil der Nacht. Der Kutscher auf dem Bock war eingenickt. Er wurde wachgerüttelt. Die herabbaumelnde Peitschenschnur zuckte.

Dann rollten die Räder. Es hallte durch die Schwärze. Fern tönte das Horn des Nachtwächters: „Hört, ihr Leut, und laßt euch sagen, die Glock' hat eben zwölf geschlagen ...“

„Paul muß fort!“ erklärte Dietmar. „Er muß Wien verlassen, und zwar noch heute.“

18

Sie waren sich alle einig, Paul konnte nicht in Wien bleiben. Er sollte am besten sogar Österreich verlassen. Es konnte sein, daß die Russen doch Lärm schlugen, und dann suchte vielleicht die Wiener Polizei nach ihm.

„Wir wollen kein Risiko eingehen“, meinte auch Franticek. „Du bist Gefangener des Zaren gewesen, und wir wissen nicht, ob Österreichs Kaiser ihm seine Hilfe verweigern kann, wenn nach dir gesucht werden soll.“

Sie wiesen den Kutscher an, in der Nähe zu warten. Sie berieten in der Wohnstube.

„Aber wohin?“

„Am besten in die Schweiz", riet Dietmar. „Ich wüßte kein Land, das sicherer wäre. Und außerdem ist kein anderes leichter zu erreichen. Paul soll mit dem Fiaker bis an den Stadtrand von Wien fahren. Er soll dann nicht die Postkutsche nehmen, denn die Postkutschen werden vielleicht kontrolliert. Er muß zu Fuß weiter, immer nach Westen, das Inntal hinab und durch Tirol. Am Bodensee ist er in Sicherheit."

Paul schaute zu Boden. Viele Gedanken wirbelten durch seinen Kopf. Keiner brachte ihm Klarheit. Er wußte, daß dies eine Schicksalsstunde war. Sie entschied über sein weiteres Leben. Wenn er jetzt ging, verließ er Caroline – und er überließ sie Dietmar. Dieses Opfer erschien ihm zu groß.

„Ich bleibe in Wien", murmelte er. „Ich verstecke mich irgendwo. Auf einem Dachboden ..., in einem Keller. Es wird sich bestimmt ein sicherer Ort finden. Die Polizei hat ihre Augen auch nicht überall. In wenigen Tagen wird man wissen, ob nach mir gefahndet wird."

Caroline ahnte, was in ihm vorging. Mitgefühl mit ihm erfüllte sie. Sie war doch die Ursache für seinen Zwiespalt. Schuld – nein, schuldig war sie vielleicht nicht, aber die Ursache seines Zögerns. „Geh", bat sie. „Geh, Paul! Ich wüßte dich gern in Sicherheit!"

Er dachte bitter, du wüßtest mich gern weit fort. Aber dies, das wußte er auch, war nicht die ganze Wahrheit.

Franticek hatte der Auseinandersetzung zwischen Paul und Caroline schweigend zugehört. Er kannte seine beiden Kinder. Nun ging er zu Paul und legte ihm die Hand auf die Schulter. „Komm", bat er. Es lag ein drängender Ernst in seiner Stimme. „Ich möchte mit dir reden, und zwar allein. Komm mit mir ins Nebenzimmer."

Franticek nahm einen der Leuchter, von denen mehrere in der Stube verteilt standen, und ging auf die Seitentür zu. Paul folgte, aber er tat es zögernd.

Das Nebenzimmer war nur klein, es diente als Ruheraum für den Konditormeister. Franticek stellte die Kerze auf dem schmalen Wandbord ab. Er wies auf einen Stuhl. Paul setzte sich, Franticek ließ sich ihm gegenüber nieder und legte ihm eine Hand aufs Knie.

Er begann sofort zu sprechen. Er wußte, daß er seinem Jungen weh tun würde, aber er war auch durchdrungen davon, daß es sein mußte, daß es notwendig war. Er sagte: „Geh, Paul! Ich bitte dich darum. Ich fühle die Verpflichtung, dich zu warnen. Du steigerst dich in etwas hinein, was nicht gut ausgehen kann. Begreife diese Situation jetzt als eine Aufforderung des Schicksals. Du mußt nun deinen eigenen Weg suchen!"

„Ich?" begehrte Paul auf. „Geht es nicht um etwas ganz anderes? Du weißt, was das bedeutet!"

„Natürlich", antwortete Franticek. „Und dieses Opfer erwarte ich sogar von dir. Du mußt Caroline aufgeben und ihr den Weg zu Dietmar freimachen."

„Ach", rief Paul. „Den ist sie doch längst gegangen!"

„Desto leichter wird es dir fallen, die einzig richtige Folgerung daraus zu ziehen. Es gibt Dinge, denen wir nicht ausweichen können. Caroline zögert noch – deinetwegen. Aber in ihrem Herzen hat sie längst entschieden."

„Du verlangst viel", murmelte Paul. „Aber wenn ich nicht gleich zustimme, so denke nicht, daß ich undankbar bin. Ich weiß, was ich dir schulde. Ich möchte das einmal sagen." Er war verlegen. „Schon lange liegt es mir auf dem Herzen. Dies ist wohl der richtige Augenblick dazu. Du hast mich als deinen Sohn angenommen und mich niemals spüren lassen, daß ich nicht dein eigenes Kind bin."

„Du brauchst mir nicht zu danken. Du bist mein Sohn. Und daß ich nicht dein leiblicher Vater bin, das hast du ja mit Caroline gemeinsam. Auch sie ist nicht meine Tochter und ist es doch. Ich sehe in euch beiden meine Kinder, beide seid ihr es von Natur aus nicht, wohl aber durch die gemeinsamen Jahre. Ich weiß nicht, was wichtiger wäre. Und daher kann ich in euch nichts anderes sehen als Bruder und Schwester. Das verbietet in meinen Augen jede andere Verbindung. Caroline ..."

Pauls Züge verhärteten sich.

Franticek bemerkte es. „Nein, Paul", sagte er. „Höre mich ruhig an. Ich weiß doch, wie es um dich steht. Du wußtest immer, daß Caroline nicht deine leibliche Schwester ist, und daher hast du deinen Gefühlen für sie keinen Widerstand entgegengesetzt. Sagen wir es anders: Wäre sie deine Schwester gewesen, wärest du nie auf den Gedanken gekommen, sie könnte jemals etwas anderes für dich sein – nämlich deine Frau! Das denkst du doch, Paul!"

„Warum sprichst du es aus?" rief er. Er fühlte sich verletzt. Er begann sogar zu bocken, er wollte das nicht hören.

„Ich rede, weil es notwendig ist. Caroline und du, ihr seid nicht füreinander bestimmt, Paul. Das weißt du im Grunde auch. Es ist nicht nur, daß nun Dietmar in ihr Leben getreten ist und daß sie ihn gern hat. Wichtiger ist noch, daß euch Standesunterschiede trennen, die immer noch nicht zu überbrücken sind. Gewiß, alle Menschen sind gleich, vor Gott, und die Französische Revolution hat die Gleichheit auch vor dem Gesetz proklamiert. Aber im Königreich Bayern ist es noch anders. Dort können sich die Leute noch nicht von ihren Vorurteilen trennen. Caroline wird eine Fürstin sein, eine der Ersten im Lande, dafür kämpfen wir alle, und das wünschst du doch auch ..."

„Manchmal habe ich gewünscht, sie würde es nie", brach es aus Paul hervor.

„Ich weiß!"

„Das weißt du?"

„Aber natürlich!"

„Auch, daß ich das Tagebuch oft zum Teufel gewünscht habe?"

„Aber ja! Das ist doch nur menschlich. Trotzdem, so darfst du nicht denken. Es ist ihre Bestimmung, Fürstin zu werden. Sie hätte dich niemals heiraten können nach meiner Überzeugung, und wenn sie es gegen meinen Willen getan hätte, wärest du ein Leben lang in ihrem Schatten gestanden, ein nicht ebenbürtiger Gemahl. Das ist kein leichtes Los, Paul, zu dieser Selbstbescheidung bist du nicht geschaffen, daraus hätte viel Kummer entstehen können. Nun, es ist anders gekommen. Dietmar und Caroline scheinen wie füreinander bestimmt zu sein – und auch du könntest eine Frau finden, die dich sehr liebt. Deine Beziehung zu Caroline wird ein ganzes Leben lang halten, von Bruder zu Schwester, während sich Eheleute sehr wohl auseinanderleben können, besonders, wenn die Umstände ihnen nicht günstig gesinnt sind."

Paul senkte den Kopf. Franticek ließ ihm Zeit zum Nachdenken. Endlich sagte er: „Antworte jetzt nicht, Paul, das erwarte ich nicht. Ich bitte dich jetzt nur darum, daß du Annemirl nicht zu sehr enttäuschst. Sie hofft auf ein liebes Wort von dir. Denn ich weiß, sie wird auf dich warten und für dich da sein, wenn du einmal zurückkehren kannst."

„Hat sie das gesagt?"

„Das sagt sie täglich, nicht mit Worten, wohl aber durch ihr Wesen und durch ihre Blicke. Der Vater weiß es auch und wünscht sich, daß ihr ein Paar werdet."

„Dazu ist es zu früh!"

„Das mag sein. Aber ich glaube, daß deine Gefühle für sie bereits viel stärker sind, als du es selber wahrhaben willst. Der Gedanke an Caroline steht dem im Wege, daß sie sich entfalten können und dir bewußt werden. Gewiß hättest du Annemirl geliebt, wenn Caroline nicht früher dagewesen wäre."

Paul nagte an seiner Unterlippe.

Franticek fuhr fort: „Ich beneide dich, Paul. Erkenne die Gunst des Schicksals! Dir steht alles offen. Mußt du dich von Caroline trennen, so ist es doch nicht für immer. Und du kannst – wenn du willst – in die Welt hinausgehen, Abenteuer erleben, zur See fahren, so wie es Alexander Helmbold früher gewollt hatte, fremde Länder sehen. Aber du kannst auch nach Wien zurückkehren, Annemirl heiraten und an ihrer Seite ein glückliches Leben führen!"

Paul spürte, daß Franticek recht hatte, auf seine Weise. Aber er wußte nicht, was er eigentlich wollte! Er mußte vielleicht abwarten und die Zeit für sich entscheiden lassen. Eines Tages würde er es wissen.

Er nickte und zuckte die Achseln. „Ich gehe in die Schweiz", erklärte er leise, wie zu sich selbst.

Franticek war zufrieden. „Das habe ich gehofft. Ich danke dir. Es ist die richtige Entscheidung. Du wirst es eines Tages selbst erkennen. Nun laß uns wieder hinübergehen. Es wird bald Morgen, du solltest längst fort sein. Wir dürfen nicht vergessen, daß die Zeit unbarmherzig vergeht. Damit wächst die Gefahr."

Sie standen auf.

Drüben warteten die anderen. Alles war vorbereitet. Meister Zapf hatte ein Paket mit Gebäck bereitgestellt. Er lächelte den Jungen an. „Ich wünsche mir, daß du gesund wiederkommst", sagte er unumwunden und fügte hinzu: „Aber es muß aus freien Stükken geschehen, du mußt deinem eigenen Herzen fol-

8 4941-12

gen. Sonst taugt es nichts. Leb wohl, Paul!"

Paul dankte Dietmar für die Hilfe bei seiner Befreiung. Er empfand, daß dies die Wahrheit war, und dennoch war sein Herz nicht frei. Er wendete sich rasch ab, er wollte Dietmar seine Gefühle nicht zeigen, und dieser überbrückte die Verlegenheit mit einem herzlichen Händedruck.

„Ich wünsche dir Glück, Paul", erklärte er schlicht.

Dann Caroline. Paul sah ihre liebliche Gestalt, eine Welle heißen Gefühls stieg in ihm hoch, Wehmut, Schmerz, Zuneigung – vielleicht mehr, vielleicht Liebe. Sie ahnte, was in ihm vorging. Sie sagte: „Ich bleibe immer deine Caroline, deine Schwester." Sie legte ihre Wange an seine. So standen sie kurz, dann löste sie sich von ihm und drehte ihn sanft, aber bestimmt, Annemirl zu, die gegenüber wartete, etwas entfernt, so daß Paul zu ihr gehen mußte, einige Schritte, und das hatte sie gewollt.

Annemirl sagte kein Lebewohl, kein Aufwiedersehen. Sie nahm ihn einfach in ihre Arme, rief: „Du erlaubst, Vater" und küßte ihn – vor allen Leuten. Es war nur kurz, gewiß, aber es verblüffte Paul sehr, er hatte das nicht erwartet. Er verhielt sich fast steif dabei.

Und nun sprach Annemirl doch, sie flüsterte in sein Ohr: „Vergiß Wien nicht, vergiß uns nicht, vergiß mich nicht, Paul. Denn ich warte auf dich!"

„Ich vergesse euch bestimmt nicht", brachte er murmelnd hervor. „Nein, gewiß nicht!"

„Hinaus jetzt", drängte Franticek. Er schloß den

Jungen in seine Arme. Es war alles gesagt zwischen ihnen.

Da ging Paul. In der Tür drehte er sich noch einmal um und winkte – allen. Aber wenn man genau hinsah, dann erkannte man, daß seine Blicke ein wenig länger, ein wenig nachdenklicher auf Annemirl ruhten als auf den anderen, und daß er dabei sogar lächelte, wenn auch fast unmerklich, nur mit den Augen.

Vor dem Haus stand die Kutsche. Der Kutscher war bis zur nächsten Poststation bezahlt. Von dort würde Paul allein weitergehen. Mit jedem Kilometer verringerte sich die Gefahr, daß er verfolgt wurde.

Sie sahen den schwarzen Fiaker in der beginnenden Morgendämmerung um die Straßenecke verschwinden, sie hörten das Räderrollen verklingen.

Caroline war es, als sei eben eine Tür zugeschlagen worden. Und das machte sie traurig. Sie spürte aber auch, daß nun eine andere dafür endgültig aufgehen konnte. Und das machte sie froh.

An diesem Tage schrieb Franticek drei engbeschriebene Seiten an Alexander Helmbold. Und von Dietmar erzählte er mehr als jemals bisher. Er fand, es sei nun notwendig geworden. Von seinen eigenen Konflikten schwieg er. Oft quälte er sich damit, ob es nicht besser für Caroline wäre, wenn sie ihren Anspruch auf den Fürstenthron aufgäbe. Dann wäre auch ihr Leben nicht mehr bedroht. Durfte er sie darin bestärken, darum zu kämpfen? Trug nicht auch er selbst einen Teil Schuld daran, daß sie so gefährdet war? Und er fragte sich sogar, ob er nicht vielleicht auch aus Eigensucht handelte? Denn sein Schicksal würde sich ja ebenfalls zum Besseren wenden, wenn Caroline ihr Erbe antreten könnte. Ja, dann würde er eine glänzende Stellung einnehmen. Handelte er nicht also im Grunde aus Egoismus?

Franticek grübelte.

19

Es wurde Sommer, in aller Pracht. Hitze stand zwischen den Häuserreihen. Die Bäume zeichneten scharfe Schatten auf das Straßenpflaster.

Eines Tages erschien Alexander Helmbold in der Tür. Er trug einen grauen Reiseanzug. Sein Gesicht war gebräunt, das machte ihn jugendlich. Seine Züge waren frisch und energisch. Nur seine Schläfen waren vielleicht ein wenig grauer geworden. Er breitete seine Arme aus, und Caroline flog an seine Brust.

Dietmar, der nicht gleich wußte, wen er vor sich hatte, spürte Eifersucht.

„Mein liebes Mädchen“, rief Alexander.

Das machte Dietmar weder klüger noch fröhlicher.

„Mein liebstes Kind“, wiederholte Alexander.

Nun ahnte Dietmar den Zusammenhang. Und Alexander kannte Dietmar aus Franticeks Briefen. Er reichte ihm die Hand. Er musterte den jungen Mann kritisch. Es war schwer zu sagen, was in ihm vorging. Sah er in Caroline wirklich nur sein Mündel? Oder hatte er in der Zeit der Trennung, in der sie zu einer jungen Frau herangewachsen war, doch andere Gefühle für sie entwickelt, Gefühle, die ja immer schon dagewesen waren, die ihm aber nun, da er sie so blühend vor sich stehen sah, schmerzhaft bewußt wurden?

Er ließ sich nichts anmerken. „Nun bin ich frei", rief er. „Ihr wißt es ja sicher, daß Kaiser Napoleon nun bei Waterloo endgültig geschlagen wurde. Es war eine Schlacht, die in die Geschichte eingehen wird. Danach habe ich mich von ihm verabschiedet, jetzt für immer. Denn nun ist er auf die Insel St. Helena verbannt worden, die vor der Küste Afrikas liegt. Von dort gibt es keine Rückkehr mehr für ihn. Nun kenne ich nur noch ein Ziel: Carolines Recht. Dafür werde ich mit all meiner Kraft kämpfen."

„Was wirst du tun?" fragte sie.

„Ich reise unverzüglich nach München und von dort nach Krötzingen. Ich wollte euch nur vorher sehen, um mich davon zu überzeugen, daß ihr gesund seid."

War das die ganze Wahrheit? Hatte ihn nicht in Wirklichkeit sein Herz zu ihr gezogen? Hatte er sich nicht mit eigenen Augen einen Eindruck davon verschaffen wollen, wie ernst Carolines Beziehung zu Dietmar von Rauteneck genommen werden mußte? Vielleicht war es ja doch nur eine Schwärmerei, die bald vorüberging.

Ja, Alexander hatte sich in den vergangenen Monaten oft gefragt, ob er Caroline nicht doch noch enger, für immer, an sich binden könnte. Durfte er aber den Versuch dazu machen? Er wußte, was er für sie empfand – oder waren es doch nur väterliche Gefühle? Die Liebe kommt ja in so vielen verschiedenen Gewändern zu uns. Und wenn sich aus seinen väterlichen Gefühlen für sie nun eine Liebe von Mann zu Frau entwickelt hatte – durfte er dieser nachgeben? Durfte er um Caroline kämpfen? Oder war es seine Pflicht, auf sie zu verzichten, so weh das auch tun mochte?

Er flüchtete sich aus diesen Gefühlen in die Realität. „Morgen oder übermorgen fahre ich", erklärte er. „Ich will zuerst den Notar Kaltenegger sprechen, unseren Freund. Er wird mir sagen, wie es in München steht, was die falsche Fürstin Herta gegen Caroline unternommen hat. Ich betrachte es fast als ein Wunder, daß ihr bisher unbehelligt geblieben seid, und traue dem Frieden nicht. Kaltenegger wird auch wissen, was der König von unserer Sache hält ..."

„Der König denkt sehr schlecht von Caroline", erklärte Dietmar. „Er hält sie für eine Betrügerin."

„Das ist übel", sagte Alexander. „Man wird ihn vom Gegenteil überzeugen müssen. Hoffentlich gelingt es uns. Nun, der Krieg ist vorbei, jetzt muß es sein – oder nie!"

Dietmar senkte den Kopf. Noch immer plagte ihn sein schlechtes Gewissen. Einmal, weil er zuerst an Caroline gezweifelt hatte, zum anderen, weil er dem König untreu gewesen war.

Alexander endete: „Wenn ich zu euch zurückkehre, entscheiden wir unser weiteres Vorgehen."

„Aber wir brauchen das Tagebuch!" rief Caroline.

Alexander nickte. „Das ist wahr. Bevor wir es haben, können wir nichts tun. Da habe ich leider keine gute Nachricht. Ich sprach in Paris mit Baron de Montalembert. Erst wurde er durch Napoleons Rückkehr aus Elba und durch den neuen Krieg daran gehindert, nach dem Buch zu suchen. Und danach hatte er immer wieder mit neuen Ministern oder anderen Polizeipräfekten zu tun. Trotzdem, er gibt die Hoffnung nicht auf und meint, daß er jetzt endlich eine Spur gefunden hat. Er gibt viel Geld aus, um sich Beamte gefällig zu machen. Das Schlimme ist freilich, daß niemand so recht weiß, wo sich das Tagebuch befinden könnte! Es scheint spurlos verschwunden zu sein ..."

„Unter tausend Akten, wie der Baron es befürchtet hat!"

„Ja, aber da könnte es auch sicher aufgehoben sein. Wir müssen einfach hoffen. Wenn er es entdeckt, bekommt er es auch. Bis dahin wollen wir nicht untätig bleiben ..."

Alexander konnte seinen Satz nicht beenden. Unten fuhr ein schwerer Wagen vor. Sie hörten die Räder und die Pferdehufe. Sie hörten Marschtritte und Kommandos. Und sofort polterte es die Treppe empor. Es war wie damals in Paris, nur daß es diesmal sehr viel mehr Männer waren, österreichische Soldaten.

„Alexander Helmbold?" rief der Offizier. Er war vor

seinen Leuten eingetreten und trug ein Blatt in der Hand. Die Männer drängten ihm nach.

„Der bin ich", erklärte Alexander verwundert.

„Sie sind verhaftet", sagte der Offizier, indem er den Brief zeigte. „Befehl Seiner Majestät König Maximilian von Bayern."

„Hier in Wien?"

„Der König von Bayern richtete ein Ersuchen an Seine Majestät Kaiser Franz", erwiderte der Offizier. Er drehte sich Caroline zu. „Und dies ist wohl das Frauenzimmer Caroline! Folgen Sie!"

Dietmar wollte vortreten, er wollte widersprechen, er wollte einschreiten. Aber er hielt inne, denn er wußte, daß er keine Befugnis dazu hatte. Er mußte froh sein, wenn er selbst noch davonkam. Danach wollte er alles einsetzen, um zu helfen.

Caroline blickte ihn an, mit fragenden Augen. Sie sagte kein Wort, aber es traf ihn ins Herz. Wie, zweifelte sie etwa an ihm? Glaubte sie denn, er wäre es gewesen, der sie verraten hatte?

Nein, das wohl doch nicht. Zudem kam jetzt ein Mann ins Zimmer, dessen Anblick jeden Zweifel an den Zusammenhängen zerstreuen konnte. Er trug eine Binde über dem linken Auge. Es war Fürst Iwan Borowsnikof.

Dietmar von Rauteneck und er hatten eine alte Rechnung miteinander zu begleichen, aber das war eine andere Geschichte. Sie lag jetzt zwei Jahre zurück. Damals hatte Dietmar dem Fürsten in einer Gesellschaft vorgeworfen, daß er falsch, nämlich mit gezinkten Karten gespielt habe. Dieser mußte ihn daraufhin fordern, wollte er seine Ehre nicht ganz verlieren. Drei Tage später duellierten sie sich im Englischen Garten mit schweren Säbeln, als der Morgennebel aus der Isar stieg. Und Dietmar verletzte den Fürsten am linken Auge, so daß es erblindete. Seitdem haßte ihn Fürst Iwan, während Dietmar ihn nur als Hasardeur verachtete.

„Sie hier, von Rauteneck? Welch ein Zufall", zischte ihn Fürst Iwan an. Er ahnte einen Zusammenhang zwischen Caroline und Dietmar, der ihm endlich Gelegenheit dazu geben konnte, sich zu rächen. „Bei dieser Dirne! Haben Sie denn jedes Pflichtgefühl vergessen? Nun, anderes war von Ihnen wohl auch nicht zu erwarten! Diese Hexe verdreht ja allen Männern den Kopf! Wo ist Ihre vielbeschworene Ehre? Und wo bleibt der Gehorsam, den Sie Ihrem König schulden?"

„Über meine Ehre hat niemand weniger zu befinden als Sie, Iwan Borowsnikof", erwiderte Dietmar schneidend, die Anrede Fürst vermeidend.

„Wie Sie wollen!" sagte der Fürst mit kaltem Haß. „Der König wird jedenfalls erfahren, wo Sie sich herumtreiben!"

„Mäßigen Sie sich! Ja, das wird er erfahren, aber nicht von Ihnen, sondern von mir selbst. Und ich vertraue auf seine Gerechtigkeit!"

„Ich warte mit Freude darauf, Fähnrich, daß Sie die Strafe erhalten, die Sie verdienen", rief Fürst Iwan. Sein Gesichtsausdruck war eine einzige Drohung.

Die Soldaten führten Alexander und Caroline ab. Da wandte sich auch der Fürst zum Gehen. Die Schritte verklangen auf der Treppe, abnehmend und dennoch dröhnend. Dann fiel unten die Haustür ins Schloß. Ein Hund jaulte auf. Sie waren allein.

Franticek und Dietmar eilten ans Fenster, noch wie betäubt. Sie schoben den Vorhang beiseite. Sie mußten hilflos zusehen, wie Caroline und Alexander in den kastenartigen Wagen gestoßen wurden, der nur zwei winzige Fenster aufwies, sonst aber völlig verschlossen und mit einem festen Dach versehen war. Alexander schritt mit gesenktem Kopf voraus, Caroline wandte sich auf der letzten Trittstufe noch einmal um und grüßte mit der erhobenen Hand. Dann waren sie verschwunden, die Tür wurde hinter ihnen verschlossen.

Der Wagen fuhr an, von derben Pferden gezogen. Fürst Iwan und der Wiener Polizeioffizier bestiegen zwei bereitgehaltene Gäule, um hinterherzureiten. Die Soldaten schulterten die Gewehre und marschierten davon.

Annemirl und Vater Zapf schauten fassungslos hinterher, sie standen vor ihrer Ladentür.

„Jetzt geht es um Carolines Schicksal – und auch um das unsere", murmelte Franticek. In einer Gefühlsaufwallung reichte er Dietmar die Hand. „Fast bin ich froh, daß die Entscheidung nun nicht mehr aufgeschoben werden kann, daß sie fallen wird, so oder so!"

„Ja, die Entscheidung muß kommen", erwiderte

Dietmar. „Ich reite sofort nach München. Ich muß zu meinem Feldmarschall!"

„Er wird dich gefangensetzen und dir wegen Ungehorsam den Prozeß machen lassen", warnte ihn Franticek.

„Das muß ich auf mich nehmen. Ich habe schon zu lange gewartet!"

Franticek nickte. „Auch ich werde nach München reisen. Ich will in Carolines Nähe sein. Und nun muß ich mit dem Notar Kaltenegger sprechen. Alexander kann es ja nicht mehr tun. Ich will einen guten Advokaten beauftragen, den besten, den es gibt. Er soll Caroline und Alexander vertreten."

„So reisen wir!"

„Noch heute!"

Johannes Zapf und Annemirl blieben allein in Wien zurück. Der Konditormeister war betrübt, seine Tochter traurig und unruhig. Sie fühlte, daß sie eine Familie verloren hatte, Menschen, die sie liebte. Und außerdem bangte sie um Paul. Von ihm hatte sie noch keine Nachricht erhalten, nur einmal hatte er an Franticek geschrieben, sehr einsilbig, nur wenige Worte, er sei gesund in Bern eingetroffen.

Sie blieb in Unsicherheit. Was hatte er vor? Die russischen Soldaten waren aus Wien abmarschiert, der Kongreß war beendet, auch der Zar würde nicht hierher zurückkehren.

Aber Annemirl mußte warten. Wie schwer fiel ihr das!

20

Dietmar nahm ein Pferd. Er galoppierte durch das Inntal, rastlos, trabte durch Linz, kehrte nur kurz in Gasthöfen ein, um sich zu erfrischen, um sein Tier zu tränken und zu versorgen oder um nachts zu schlafen. In aller Frühe war er wieder unterwegs. Er sah Kirchen am Wegrand, einmal betete er im berühmten Kloster Melk über der Donau, dann jagte er durch Salzburg, sah die Feste über der Stadt, stürmte am Chiemsee entlang, dessen Spiegel das Licht auffing, und je näher er München kam, desto mehr trieb er sein Pferd an.

Durch das Isartor kam er in die Stadt. Sein Herz jubelte: Jetzt bin ich dir wieder nah, Caroline ... Aber sein Herz war auch schwer: Denn du bist gefangen, Caroline.

Eine knappe Stunde später war er bei seinem Feldmarschall. Es war fast wie damals in Paris. Ein Jahr war inzwischen vergangen. Der Raum hier freilich war karger, einfacher, aber die Sonne leuchtete durch das Fenster, und Fürst Wrede stand ihm gegenüber.

Der Fähnrich Dietmar von Rauteneck nahm Haltung an. Er sagte: „Mein Feldmarschall, Durchlaucht ..."

Fürst Wrede unterbrach ihn. „Sie sind also zurück, Fähnrich. Ich habe Sie erwartet. Ich hörte, daß die

Dirne und Alexander Helmbold in Wien verhaftet und nach München gebracht worden sind.“

„Wo befinden sie sich jetzt?“ fragte Dietmar. Aber sein Feldmarschall hatte noch nicht ausgesprochen. Er runzelte die Stirn und antwortete: „Sie sind in Untersuchungshaft. Seine Majestät will sie selbst befragen. Hält er es danach für angebracht, wird er sie von einem Gericht aburteilen lassen.“

„Was droht ihnen?“

„Sie nehmen viel Anteil an dieser Lügnerin“, rief Fürst Wrede. „Das wundert mich. Nun, ich glaube, daß sie für viele Jahre hinter Gittern verschwinden wird. Nicht zuletzt wird es auch von Fürst Miko und seiner Gemahlin Herta abhängen, was für eine Strafe sie trifft.“

„Da sei Gott vor! Von den beiden ist keine Milde zu erwarten!“

„Ja, wollen Sie denn Milde?“ fragte der Feldmarschall erstaunt. „Fähnrich von Rauteneck, ich verstehe Sie nicht. Aber gleichwohl. Ich will Ihnen danken. Sie haben die Erwartungen, die ich in Sie setzte, nicht enttäuscht. Es hat zwar lange gedauert, über ein Jahr, aber die Verbrecherin sitzt nun hinter Schloß und Riegel. Endlich sind der Fürst und die Fürstin zu Krötzingen-Waldegg die Verdächtigungen los, die geeignet waren, ihren Ruf zu schädigen. Man weiß ja, wie gerne das gemeine Volk tuschelt. Und gerade solche Geschichten erregen die naiven Gemüter am meisten. Sie haben eine Beförderung verdient, Leutnant von Rauteneck!“

Leutnant? Zu jeder anderen Zeit wäre Dietmar deswegen überglücklich gewesen. Heute war das anders. Er zuckte zusammen und rief: „Ich kann das nicht annehmen!“

„Was soll das heißen?“

„Ich verdiene es nicht! Mein Feldmarschall, ich habe ein Geständnis abzulegen. Ich kenne das Mädchen Caroline bereits seit mehr als einem halben Jahr.“

„Seit einem halben Jahr? Und Sie haben das erst jetzt gemeldet?“

„Ich habe es gar nicht gemeldet, Feldmarschall!“

Fürst Wrede verstand nicht, aber Zorn, ja Empörung stiegen in ihm auf. „Wie, nicht gemeldet? Wissen Sie, was das bedeutet, Fähnrich? Was soll ich dem König sagen? Wie stehe ich vor Seiner Majestät da? Was haben Sie zu Ihrer Entschuldigung zu sagen? Waren Sie Ihrer Sache nicht sicher?“

„Ich war meiner Sache sicher, mein Fürst!“

„Also ...“

„Ich war sicher, daß Caroline keine Verbrecherin ist, sondern die eigentliche, die richtige Prinzessin zu Krötzingen-Waldegg, eine Fürstin von Geblüt!“

„Fähnrich, sind Sie verrückt? Sie reden sich um Kopf und Kragen! Überlegen Sie Ihre Worte!“

„Es ist, wie ich sage. Dieses Mädchen ist keiner Lüge fähig. Ich sah auch ihr Muttermal!“

„Sie haben sie ausgezogen gesehen, diese Dirne? Sie hat sich nicht gescheut?“

„Es ist nicht, wie Sie denken, mein Fürst. Sie trägt

das Muttermal auf dem Schulterblatt."

„Was bedeutet das schon! Das Mädchen hat Sie behext." Der Feldmarschall atmete schwer. Dann ließ er sich auf einen Stuhl sinken. Er stützte den Kopf auf die Hände. Eine Weile verbarg er sein Gesicht. Als er aufblickte, hatte er sich ein wenig gesammelt. Er sagte: „Ich will Ihre Verfehlung Ihrer Jugend zugute halten. Es war vielleicht mein Fehler, einem so unerfahrenen Jüngling diesen heiklen Auftrag anzuvertrauen. Es war wohl nur natürlich, daß Ihnen Ihre Gefühle einen Streich gespielt haben. Nun gut, erkennen Sie meine Güte. Ich bin bereit, darüber hinwegzusehen, natürlich werden Sie nicht befördert, aber wenn Sie sich von der Dirne lossagen, hier und jetzt, wenn Sie mir in die Hand hinein versprechen, sie nicht wiederzusehen und nichts für sie zu unternehmen, dann will ich den Mantel des Vergessens darüber breiten. Ich tue dies Ihren Eltern zuliebe, die ich schätze, Ihr Vater, Dietmar, war immer ein treuer Diener seines Königs. Also, geben Sie mir Ihr Ehrenwort, lassen Sie das Mädchen fahren!"

„Mein Fürst", erwiderte Dietmar ohne Zögern, „mein Feldmarschall, das kann ich nicht!"

„Das können Sie nicht? Dietmar, Sie wissen nicht, was Sie sagen! Bedenken Sie die Folgen! Sie waren ungehorsam! Ich muß Sie degradieren, sogar aus der Armee ausstoßen, ich muß Sie anklagen und Sie werden zur Festungshaft verurteilt. Junge! Bedenke dich! Deine Karriere als Soldat, nein, dein ganzes Leben steht auf dem Spiel, und das alles wegen so einer ..."

„Sie kennen Caroline nicht, Durchlaucht!"

„Ich kenne die Weiber", sagte Fürst Wrede. „Keine ist es wert, daß sich ein edler junger Mann ihretwegen sein Leben verdirbt. Noch einmal: überlege! Ich gebe dir drei Minuten Zeit. Wähle, eine angesehene Laufbahn als Offizier, die dich bis zu höchsten Ehren bringen kann, oder entehrt und degradiert zu werden, entehrt für ein ganzes Leben, Gefangenschaft, die Verachtung der Gesellschaft ..."

Dietmar von Rauteneck stand blaß vor seinem Befehlshaber. Seine Wangenknochen traten scharf hervor, seine Züge waren wie gemeißelt. Er war tief erschrocken. Er verstand, daß der Feldmarschall sich persönlich beleidigt fühlte, weil er selbst ihn für diese Aufgabe ausgesucht und sie ihm anvertraut hatte. Daher auch das Ausmaß seiner Verbitterung. Dietmar sah alles vor sich, den Kummer seiner Eltern, die Verachtung der Kameraden, er hörte sie in den Kasinos über seine Affäre Witze machen, er sah sich hinter Gittern, er ahnte, wie schwer es ihm danach sein würde, wieder einen ehrenhaften Beruf zu ergreifen. Seine Eltern waren nicht reich, sie hatten Hoffnungen auf ihn gesetzt.

Dietmars Blicke schweiften ab, sie gingen hinaus, sie suchten die Bläue des Himmels, die Weite, die Freiheit.

Der Feldmarschall blickte auf die Uhr. „Nun, deine Zeit läuft ab", sagte er scharf.

Dietmar nahm Haltung an. „Ich habe mich entschieden, mein Feldherr!"

„Ich zweifelte nicht an dir", erwiderte der Fürst. „Vergessen wir also die Affäre. Sie war eine Verwirrung deiner Jugend."

„Ich bitte um Vergebung. Ich habe mich für Caroline entschieden, und ich werde mit allen Mitteln dafür kämpfen, daß sie ihr Recht erhält!"

„Wahnsinniger", rief der Fürst. „Jetzt haben Sie Ihr Leben zerstört! Ich muß Sie festnehmen lassen!"

„Ich stehe zur Verfügung, mein Feldmarschall. Aber ich bitte dennoch um eine Gnade, die Sie mir um meiner Eltern willen gewähren wollen! Geben Sie mir Aufschub, bis das Urteil über Caroline gesprochen ist. Beurlauben Sie mich bis dahin, oder entlassen Sie mich aus dem Dienst, wie es Ihnen beliebt. Nur lassen Sie mich bis dahin in Freiheit!"

„Das kann ich nicht!"

„Tun Sie es der Gerechtigkeit zuliebe. Geben Sie mir und Caroline die Gelegenheit, Ihnen zu beweisen, daß sie im Recht ist. Wenn sie es ist, woran ich ja nicht zweifle, dann werden Sie auch mir verzeihen."

„Sie verlangen viel, sehr viel ..."

„Aber bedenken Sie auch, wie Sie sich selber beurteilen würden, wenn sich herausstellen sollte, daß Caroline wirklich eine Prinzessin ist und Fürst Miko und Fürstin Herta sie um ihr Erbe betrogen haben."

„Das ist doch undenkbar!"

„Der König selbst will es prüfen. Sollte sich wirklich herausstellen, daß Caroline eine Lügnerin ist, dann mögen Sie mich jeder Strafe zuführen, die Sie für richtig halten. Nur, fällen Sie Ihr Urteil nicht vor

9 4941-12

dem König, mein Feldmarschall."

„Sie reden sich in Feuer, von Rauteneck", murmelte Fürst Wrede. „Es ist das Feuer der Jugend, dem schwer zu widerstehen ist. Ich müßte Ihrer sicher sein ..."

„Sie haben mein Ehrenwort, daß ich mich freiwillig stellen werde, falls Caroline verliert. Es vergeht dann nicht mehr ein Tag, und Sie können mich in Gewahrsam nehmen."

„Unter dieser Bedingung ...", murmelte Fürst Wrede. „Gut, Dietmar von Rauteneck. Ihrem Vater zuliebe und weil ich Ihrem Ehrenwort vertraue. Diese Unterredung bleibt unter uns. Ich beurlaube Sie vom Dienst, bis der König gesprochen hat. Entweder werden Sie rehabilitiert, oder Ihre Strafe wird hart, sehr hart sein!"

„Mehr erbitte ich nicht", rief Dietmar. Innerer Jubel erfüllte ihn, denn er war froh darüber, daß er sich selber treu geblieben war.

„Also sind Sie entlassen", sagte der Fürst. „Vorläufig ..."

Dietmar machte seine Ehrenbezeugung, drehte sich um und verließ das Zimmer. Er eilte die Treppe hinab. Er hielt sich nirgends auf, er sprach mit keinem, er wartete auch nicht auf Franticeks Eintreffen, er suchte nicht nach Caroline. Er wußte, daß nur eines sie retten konnte: das Tagebuch! Daher schwang er sich wieder auf sein Pferd und lenkte es durch das Sendlinger Tor. In scharfem Trab schlug er die Richtung nach Westen ein. In scharfem Trab, ja, aber doch nicht in dauerndem Galopp, denn er durfte sein Tier auch nicht zuschanden reiten, wenn er sein Ziel erreichen wollte. Er mußte durch das Württemberger Land, er mußte den Rhein bei Straßburg überqueren, dann den Weg durch Frankreich nehmen, bis er endlich Paris erreichen konnte.

Wie viele Tage würde er wohl unterwegs sein müssen? Und wann konnte er zurückkehren? Und mit welchem Ergebnis?

Dietmar betete, wenn auch nicht in der Kirche, sondern im Sattel.

21

Franticek war indessen mit der Postkutsche gereist. In München nahm er Quartier im Gasthof *Zum Bayerischen Löwen*. Unverzüglich schrieb er einen Brief, richtete er die untertänige Bitte an Seine Majestät, König Maximilian, Caroline und Alexander im Gefängnis sprechen zu dürfen. Danach führte ihn sein Weg zu Kaltenegger, dem Notar, der ihnen seit Jahren verbunden war. Aber war er noch ihr Freund?

Die ersten Worte, die Kaltenegger zu ihm sprach, machten Franticek unsicher: „Es sind über zwei Jahre vergangen, seit ich damals zu Ihnen nach Wien gekommen bin und wir gemeinsam das Tagebuch von Carolines Vater geöffnet haben, Franticek Pavel. Es ist viel geschehen seit damals."

„Was meinen Sie, Herr Notar?“ fragte Franticek. Ein unangenehmes Gefühl der Kälte, der Beklemmung überrieselte ihn. Hatte Kaltenegger sich von Caroline abgewandt? Noch niemals, so schien es ihm, hatte er so deutlich bemerkt, daß Kalteneggers langgezogener Kopf dem eines Windhundes glich.

Kaltenegger fuhr fort: „Inzwischen bin ich aus Krötzingen nach München gezogen. Jetzt habe ich hier meine Kanzlei und meine Existenz, eine sehr gute Existenz, wie ich zugeben darf. Die königliche Residenz ist doch etwas ganz anderes als die Kleinstadt.“ Kaltenegger versuchte zu lächeln, aber es geriet ihm nur halb. Indem er sprach, wandte er seinen Körper auf jene schlangenhafte Weise, die ihm eigen war. „Meine Mandantschaft hat sich sehr verändert. Früher suchten mich Bauern, Handwerker und Bürger auf. Fürst Miko und seine Gemahlin Herta zu Krötzingen-Waldegg bildeten die Ausnahme, sie waren meine einzigen Klienten von Adel, allerdings sehr gute. Und unsere geschäftlichen Beziehungen sind mit der Zeit sogar noch besser geworden. Ich wurde zu ihrem Berater in allen finanziellen Fragen. Es ist, das darf ich wohl sagen, ein Vertrauensverhältnis daraus geworden.“

Franticek fühlte sich immer unbehaglicher. Wenn Caroline die Hilfe des Notars Kaltenegger verlor, dann war sie wohl wirklich verloren, und alle anderen mit ihr, Alexander Helmbold eingeschlossen. Er murmelte: „Aber Sie selbst waren es doch, der das Tagebuch abschrieb. Sie sind es doch, der die Wahrheit kennt, vielleicht der einzige lebende Mensch ..."

„Und die Kinderfrau Huber", murmelte Kaltenegger, fast wider Willen, denn damit ließ er eine gewisse Teilnahme erkennen.

„Möglich", rief Franticek. „Frau Huber mag Carolines Muttermal gesehen haben, aber sie weiß nichts von den anderen Zusammenhängen, ahnt nichts von der Vertauschung der Säuglinge und könnte sie auch nicht bezeugen."

„Trotzdem müssen Sie sich ihrer Hilfe versichern", erklärte Kaltenegger.

„Wozu, wenn die Prinzessin Caroline von Ihnen im Stich gelassen wird!"

„Ich muß alles bedenken", erwiderte Kaltenegger. „Wenn meine Unterstützung, wenn die Rolle, die ich in der Vergangenheit gespielt habe, ruchbar wird und Carolines Sache schlecht ausgeht, dann büße ich meine Existenz ein. Fürst Miko und Fürstin Herta würden mir nie verzeihen. Ich müßte noch froh sein, an Leib und Leben unbeschädigt davonzukommen. Ich verliere sofort all meine Klienten von Rang, falls der König mich überhaupt noch in München duldet, was ich bezweifle. Wo soll ich dann hin?"

Franticek trat nah an Kaltenegger heran. Er sah ihm direkt in die Augen. „Glauben Sie an Gott, Herr Notar?"

„Was soll die Frage?"

„Glauben Sie an die Gerechtigkeit? Glauben Sie, daß wir verpflichtet sind, für das Recht zu kämpfen? Gehört das nicht sogar auch zu Ihren Pflichten?"

Kaltenegger trat einen Schritt zurück. Die Frage war ihm sichtlich unangenehm. „Ich überlege ja nur ...", murmelte er. „Sie müssen mich doch verstehen, Franticek Pavel. Mein Zeugnis allein genügt nicht. Sie brauchen das Tagebuch, dessen Echtheit die Fürstin Herta mit Sicherheit anzweifeln lassen wird. Es gibt Experten, die alles beweisen können, sogar das Unbeweisbare. Ein Gutachten, das für Geld immer zu erhalten ist, wird dann darlegen, daß es eine Fälschung ist."

„Aber Sie können doch einen Eid darauf schwören ..."

Kaltenegger legte die Hände ineinander und drückte sie so, daß die Gelenke knackten. „Ein Eid", sagte er. „Ein Eid im Namen des Allmächtigen ... So wahr mir Gott helfe ... Hören Sie, Franticek Pavel, Sie gemahnen mich an Gott. Vielleicht war dies der rechte Hinweis. Sie bringen mich auf einen Gedanken ..."

„Wie, sehen Sie eine Möglichkeit zu helfen?"

„Ich weiß nicht ... Vielleicht!"

„Reden Sie, reden Sie, Herr Notar!"

„Nein, der Gedanke ist zu ausgefallen. Aber er könnte zu einem Erfolg führen. Ich verspreche nichts, gar nichts ..."

„Nichts?" Franticek konnte seine Enttäuschung nur schwer verbergen.

„Nun gut, ich verspreche Ihnen, daß ich etwas versuchen werde ... Etwas versuchen, ja ... Aber mehr als ein Versuch kann es nicht sein. Doch wenn er gelingt ..."

„Wenn er gelingt? Was dann?"
„Es muß alles ein Geheimnis bleiben", erklärte Kaltenegger. „Aber vielleicht hilft Gott wirklich!"
„So muß ich mich damit zufriedengeben", antwortete Franticek nach einer Pause der Überlegung. „Trotzdem, raten Sie mir, was ich noch tun muß?"
„Sorgen Sie dafür, daß das Tagebuch zur Verhandlung da ist, nehmen Sie einen guten Anwalt, den besten Advokaten ..."
„Wen?"
„Ich empfehle Doktor Karl Zumtobel. Sein Vater war mit der Familie Helmbold befreundet."
„Ich werde zu ihm gehen. Und was noch?"
„Versuchen Sie die Kinderfrau Huber für Caroline ..."
„Für die Prinzessin!" rief Franticek.
„Wie Sie wollen! Ich werde der erste sein, der ihr huldigt, wenn sich ihre Sache zum Guten wendet." Jetzt überflog ein verstecktes Lächeln des Notars Miene. Er fuhr fort: „Versuchen Sie also die Kinderfrau Huber für die Prinzessin Caroline zu gewinnen. Und vergessen Sie nicht, daß sie mir noch hundert Gulden schuldet!"
„Gewiß", rief Franticek. „Und wie gerne werden sie bezahlt werden."
„Mit Zins und Zinseszins", mahnte der Notar. Diesmal wesentlich freundicher. Freilich setzte er gleich dämpfend hinzu: „Und beten Sie, das ist der beste Rat, den ich Ihnen geben kann."
Damit war Franticek entlassen. Er verließ das behä-

bige Bürgerhaus, winkte einer Droschke und befahl dem Kutscher: „Ins Dorf Schwabing! Ich suche dort eine gewisse Emerenzia Huber!“

Die Kutsche rollte.

22

Die Huberin war alt geworden. Schon damals, als Caroline geboren wurde, war sie die Jüngste nicht mehr gewesen, nun hatte sie die Sechzig überschritten. Sie war klein, ging vornübergebeugt, trug ein einfaches, schwarzes Kleid, das bis auf ihre Füße herabfiel. Die weißen Haare hingen ihr strähnig ins Gesicht, das zerfurcht war wie ein unordentlich gepflügter Acker. Als sie Schloß Waldegg verlassen mußte, hatte sie bei ihrer Schwester in Schwabing Unterschlupf gefunden, die aber bereits gestorben war, so daß sie nun allein in dem windschiefen Häuschen wohnte. Sie schlug sich gerade so durch, hatte einige Ziegen und Hühner, bekam ein wenig Pacht für einen Acker und hatte einige bescheidene Ersparnisse. Es war ein Glück gewesen, damals, als sie Schloß Waldegg verlassen mußte, daß sie diese Schwester gehabt hatte, denn wo hätte sie sonst hingehen sollen, wovon hätte sie sich ernähren sollen ohne Arbeit? Armut im Alter war in diesen Zeiten ein allgemeines und schlimmes Schicksal.

So hatte die Huberin also immer jeden Pfennig dreimal umdrehen müssen, ehe sie ihn ausgeben konnte. Nur gegenwärtig ging sie ein wenig leichter mit dem Geld um. Als Franticek mit der Kutsche vorfuhr, das Türchen des Vorgartens öffnete und eintrat, da hatte er Glück, denn die Huberin war eben erst selbst aus München zurückgekehrt, zu Fuß freilich, wo sie sich eine neue Tischdecke und Stoff für ein Kleid gekauft hatte. Aber das war noch nicht alles, das Erstaunliche war ein Besteck, bestehend zwar nur aus jeweils drei Teilen, Suppen- und Kaffeelöffel, Gabel und Messer, aber aus Silber.

Franticek trat ein, ohne ihr Herein abzuwarten. Da warf sie sich, an ihrem Tisch, mit dem Oberkörper über ihren Schatz.

„Gott grüße dich, Huberin", rief Franticek und erfaßte die Situation mit einem Blick. „Hast du etwas zu verbergen?" wollte er fragen, verbiß es sich aber. Es war wohl verständlich, daß die alte Frau ihre kostbare Neuerwerbung nicht jedermann wie auf einem Tablett darbieten wollte. Angst vor Dieben hatte man ja immer, oder steckte doch etwas anderes dahinter, ein schlechtes Gewissen etwa?

Die alte Frau blinzelte von unten herauf, schaute kurzsichtig gegen die Tür: „Ja, Franticek, daß du wieder einmal kommst", murmelte sie.

„Und sollte ich nicht?" antwortete er. „Darf ich mich setzen?" Er nahm sich einen Stuhl und ließ sich nieder. „Du hast mich vielleicht schon erwartet?" meinte er. Und es war mehr als eine normale Frage. Er wollte wissen, ob vor ihm schon ein anderer – eine andere – bei ihr gewesen war.

„Wie's drauf kommst", murmelte sie leise, indem sie ihre Schürze abstreifte und über ihre Schätze warf, um sie einzuhüllen und auf eine Kommode an der Wand zu tragen.

„Es geht dir also gut", sagte Franticek. „Das sind teure Sachen. Und alle neu! Heute gekauft?"

„Hab was gespart", knurrte sie. „Warum soll ich mir nicht was leisten."

„Hast recht", sagte er. „Nun also, wenn du mich erwartet hast, dann weißt du auch, weshalb ich bei dir bin."

„Ich weiß nichts", murrte die Huberin.

„Wenn eine was weiß, dann bist du's", fuhr er ihr ins Wort. „Du bist der einzige Mensch, der das winzige Muttermal auf dem Rücken der kleinen Caroline gesehen hat, auf dem Rücken des Säuglings, links beim Schulterblatt."

„Ich weiß nichts", murrte sie. „Es ist lang her. Mein Gedächtnis ist nicht mehr so gut!"

„Ich glaub, man hat dich dafür bezahlt, daß du dich nicht mehr erinnerst. Silberne Löffel und kostbare Stoffe für dein Schweigen!"

„Das lügst!" fuhr sie auf. „Du kannst nichts beweisen!" Sie wurde glühend rot.

Franticek rief: „Ich sag dir, wie es war. Die Fürstin Herta war selber hier. Sie kam in einem unauffälligen Wagen und gab dir Geld. Und du brauchst Geld, Huberin, das verstehe ich nur zu gut. Armut tut weh! Not ist bitter, im Alter besonders. Also streckt man die Hand aus. Dafür verspricht man viel. Nur, was wird aus der ewigen Seligkeit? Hast du auch an das Hinterher gedacht ..."

„Was meinst du?" Ein ängstlicher Ausdruck veränderte die Miene der alten Kinderfrau.

„Ich meine das, was nach dem Tod kommt! Wenn du vor deinem Herrgott stehst und Rechenschaft ablegen mußt. Dann wirst du gefragt, ob du die Wahrheit immer so liebtest, wie es der Herr will."

„Ich geh doch zur Beichte, wenn du das meinst", antwortete die Huberin leise, die nicht so raffiniert war, eine solche Situation kaltblütig durchzustehen. „Ich geh zur Beichte und werd meine Seele erleichtern, bevor ich sterb."

„Schon recht, aber ob vor Gott noch gilt, was dir der Pfarrer verzeiht? Und hast du auch an Caroline gedacht, an deine kleine Prinzessin? Hat sie nicht ein Recht darauf, die Fürstenkrone zu tragen? Es gibt keinen anderen Menschen auf dieser Welt, der das so gut wüßte wie du! Man wird es von dir wissen wollen, und vor den Richtern wird es dir nicht so leicht werden, alles abzuleugnen wie vor mir. Der König selbst wird dich befragen. Überlege dir, was du ihm antworten willst."

„Die Majestät ...?" fragte sie, und sie atmete schwer.

„Ja, und es wird nicht leicht sein, dem König in die Augen zu sehen und dabei zu lügen, Huberin."

Sie senkte den Kopf. Das waren Aussichten, die sie erschreckten.

„Und noch etwas, Huberin", meinte Franticek. „Bedenke, daß die Prinzessin Caroline, wenn sie ihr

Recht bekommt, sehr wohl in der Lage sein wird, auch dir in deinem Alter zu helfen, viel besser zu helfen, als es jetzt die falsche Fürstin Herta getan hat. Möchtest du dieses kleine Haus hier nicht vielleicht sogar verlassen? Möchtest du nicht wieder ins Schloß Waldegg ziehen? Es gibt ja genügend Räume dort, du kennst doch auch den Kammerdiener Eugen, es wäre doch schön für euch beide, nicht mehr allein zu sein und teilzuhaben am neuen Leben auf dem Schloß ... Die Gäste ... Denk an Carolines Hochzeit ..."

„Ja, heiratet das Kind?" fragte die Huberin, und ihre Augen leuchteten.

„Gewiß wird die Prinzessin Caroline auch einmal heiraten", rief er. „Eine so wunderschöne junge Frau! Stell dir dieses prächtige Fest vor! Willst du nicht dabeisein? Willst du nicht zu ihrem Glück beigetragen haben?"

„Was du redest", murmelte sie, in die Enge getrieben. Unruhig bewegte sie den kleinen Kopf hin und her.

Franticek fühlte Befriedigung. Er erhob sich. Mehr konnte er wohl nicht erreichen. Er mußte darauf vertrauen, daß es einen starken Eindruck auf sie machen würde, wenn sie Caroline selbst in die Augen blickte.

So war Franticek recht guten Mutes, als er Frau Huber wieder verließ. Sicher darf ich freilich nicht sein, dachte er, auf ihre Aussage allein dürfen wir uns nicht verlassen. Daß Herta den Versuch gemacht hat, ihr Schweigen zu erkaufen, ist gewiß. Vielleicht wurde die alte Frau sogar bedroht ...

So kehrten die Zweifel wieder. Er trat in die kleine, hellverputzte Schwabinger Dorfkirche. Er stiftete eine Kerze und betete. Lange kniete er vor dem Gnadenbild der Mutter Maria.

23

Nepomuk Kaltenegger, der Notar, hatte stets gewußt, wie wichtig gute Beziehungen zur Dienerschaft sind. Schon in Schloß Waldegg hatte er immer eine Hand gehabt, aus der feine Münzen verstohlen in andere glitten. So hatte er es auch im Münchner Stadtpalais gehalten. In dem alten Eugen hatte er außerdem einen verschwiegenen Verbündeten. Daher wußte er am heutigen Sommertage des Jahres 1815 auch genau, daß die Fürstin Herta ausgefahren war. Sie war von der Gräfin Lupin zu einer Gesellschaft nach Dorfen eingeladen worden. Man erwartete sie nicht vor dem Abend in München zurück.

Zu ihrer Begleitung hatte sich der russische Fürst Iwan Borowsnikof angeboten, mit dem man die schöne Fürstin Herta in letzter Zeit sehr häufig sah, so daß schon darüber gemunkelt wurde. Aber hatte sie nicht verständliche Gründe? Fürst Iwan war aus vornehmem Haus, so behauptete er jedenfalls, und für die Fürstin Herta war es angenehmer, in männlicher Begleitung aufzutreten als allein. Ihr Gatte Fürst Miko war dazu nicht mehr in der Lage, denn er war ernsthaft erkrankt und verließ das Haus nur noch, wenn es nicht zu umgehen war.

Es war eine frühe Nachmittagsstunde, als Kaltenegger das Stadtpalais betrat. Eugen empfing ihn in seiner grünen Livree und geleitete ihn die prunkvolle Marmortreppe empor, hinauf in den Blauen Salon mit den Fasanen auf der Tapete. Wie meist ruhte der Fürst auf der Liege mit der hohen Rückenlehne. Er war sehr blaß, mehlweiß, seine Wangen waren eingefallen, die Augen glänzten unnatürlich.

„Durchlaucht", murmelte Kaltenegger, verneigte sich ehrfurchtsvoll und bewegte sich dabei wie drehend auf seine schlangenähnliche Art. „Ich hoffe, ich störe nicht. Ich komme nur, um mich nach Eurem Befinden zu erkundigen. Ich würde gern hören, daß es gut ist."

„Nein, Kaltenegger", antwortete Fürst Miko. Dabei würgte er und griff sich an den Hals, eine Bewegung, die ihm zur Gewohnheit geworden war, seit er unter diesen schlimmen Gefühlen der Verengung, der Einschnürung litt. Es war alles in letzter Zeit noch quälender geworden. Er deutete auf den runden Tisch. „Geben Sie mir meine Medizin."

Das Glas mit Portwein und den abgezählten Tropfen war bereits vorbereitet. Kaltenegger reichte es dem Fürsten. Dieser trank und sagte: „Mir geht es sehr schlecht. Mein Arzt, der auch der Leibarzt des Königs ist, weiß keinen Rat mehr, er ist mit seinem Latein am Ende. Meine Gemahlin läßt mich allein und zieht jede andere Gesellschaft der meinen vor ..."

„Fürst Iwan Borowsnikof", murmelte Kaltenegger nicht ohne Berechnung. Er wußte, daß die Erwähnung dieses Namens Miko schmerzte.

„Wenn Sie mich fragen, Herr Notar, so halte ich ihn eher für einen Schurken als für einen Fürsten", erwiderte Miko. Seine Stimme wurde leise und dünn, es strengte ihn an. Er sagte: „Meine Gattin und ich – nun, ich verrate Ihnen kein Geheimnis, wir sind uns fremd geworden."

Kaltenegger schwieg, er wollte weder widersprechen noch zustimmen. Der Fürst wies mit der blassen, zarten Hand auf einen Stuhl, und Kaltenegger ließ sich auf der vordersten Kante nieder, den Oberkörper nach vorne geneigt.

„Es geht mit mir zu Ende", sagte Fürst Miko unvermittelt.

„Wir müssen glauben und hoffen", erklärte Kaltenegger. Er schien zu überlegen. Dann sagte er: „Freilich muß jeder von uns einmal vor seinen Schöpfer treten. Wohl dem, der dies mit reinem Gewissen tun kann ..."

Der Notar machte eine lange, nachdenkliche und bedeutungsvolle Pause und fuhr dann fort: „Wie Euer Durchlaucht es vermögen ... glücklicherweise!"

Der Fürst zuckte erschrocken zusammen. Er richtete sich ein wenig auf. Scharf blickte er den Notar an, als suche er in dessen unbewegter Miene zu lesen. Dann ließ er sich wieder gegen die Lehne sinken. „Ja, glücklicherweise", murmelte er. „Jeder kann Gott danken, dem es vergönnt war, auf dem rechten Weg zu bleiben. Manch einer ist vielleicht gestrauchelt oder davon abgekommen, ohne es eigentlich gewollt zu haben. Ich will Ihnen etwas gestehen, Kaltenegger ..."

Der Notar horchte auf.

Der Fürst sagte: „Oft hatte ich schon den Wunsch, nach Amerika auszuwandern!" Seine Augen flackerten.

„Wie das, Durchlaucht? Gab es dafür Gründe?"

„Nun, es gibt Einflüsse, die stärker sein können als der eigene Wille und die uns schuldig werden lassen."

„Wer wäre ohne Schuld? Aber Gott wird verzeihen! Es bleibt ja die Hoffnung auf seine Gnade."

„Sie sprechen wie ein Jesuit!" sagte Fürst Miko und griff sich an den Hals, denn es schnürte ihn so, daß er fast keine Luft mehr bekam. „Sind sie dessen so sicher?"

„Gewiß, Durchlaucht, wenn wir aufrichtig bereuen."

„Bereuen ... bereuen ... Genügt das denn?"

„Ich meine die tätige Reue", erklärte Kaltenegger. „Wer Schuld auf sich geladen hat, kann sie vielleicht ungeschehen machen, solange er noch in der Lage ist, zu reden und zu handeln. Später freilich, später ist es wirklich zu spät."

„Solange er in der Lage ist, zu reden und zu handeln ...", murmelte Fürst Miko, die Worte Kalteneggers mehrmals wiederholend. Sie schienen ihn über die Maßen zu bewegen.

„Nun", Kaltenegger wand sich, „Ihr habt Euch ja

gottlob nichts vorzuwerfen, Durchlaucht, denn ich darf gestehen, daß ich alle böswilligen Gerüchte ..."

Jetzt fuhr der Fürst ein zweites Mal empor. „Gerüchte? Was für Gerüchte, Kaltenegger?"

„Ach, es ist doch nichts. Dummes Geschwätz, wie es in allen Dienerstuben und Waschküchen gedeiht. Es brodelt wie der Dampf aus den Bottichen."

„Redet, jetzt befehle ich es!"

„Man sagt – aber ich wiederhole es nur, weil Ihr es befehlt ...", Kaltenegger drehte sich fast um sich selber, „man sagt, es könne doch etwas Wahres an den Behauptungen dieser jungen Dirne sein, daß Ihr ... Ich meine natürlich, daß die Fürstin Herta ... damals, die Säuglinge ... vertauscht ..." Kaltenegger wußte, daß er viel riskierte, er schränkte deshalb gleich ein: „Aber Durchlaucht, ich versichere Euch, ich habe nie daran geglaubt!"

„Das munkelt man", murmelte der Fürst. Er war so blaß geworden, daß seine Gesichtsfarbe dem Weizenmehl glich. Fast wider Willen und so leise, daß Kaltenegger es nur wie einen Hauch vernahm, flüsterte er: „Und könnte Gott das vergeben?"

„Gott ist allmächtig, und er ist von unendlicher Güte", erwiderte Kaltenegger. „Und für jeden kommt die rechte Stunde, die Stunde der Entscheidung, der Reue und der Wiedergutmachung. Die freilich gilt es zu nutzen, soll uns nicht ewige Verdammnis ereilen."

Kaltenegger ließ diese Worte lange im Raum stehen. Es war dem Fürsten nicht anzumerken, ob er sie verstanden hatte. Er ruhte fast unbeweglich und hatte

10 4941-12

die Lider geschlossen, so daß sein Gesicht wie maskenhaft wirkte.

Kaltenegger wußte, daß er nicht weiter gehen konnte. Alles andere mußte er dem Schicksal überlassen. Er erhob sich langsam. „Das sind Gedanken, die einen manchmal am Nachmittag überfallen“, sagte er abschließend. „Sie kommen und gehen, und wir wissen nicht recht, was sie für einen Sinn haben. Aber vielleicht sind es auch Gedanken, die Gott selbst in uns eingepflanzt hat.“

„Ich wußte nicht, daß Ihr so fromm seid, Kaltenegger“, flüsterte der Fürst.

Kaltenegger wollte sagen: Ich wußte es auch nicht, verkniff sich aber diese Worte, verbeugte sich und versicherte dem Fürsten seine dauernde Ergebenheit.

Die Münze für den Kammerdiener Eugen fiel heute besonders wertvoll aus. Dieser ließ sie in seinem Ärmelaufschlag verschwinden.

„In wenigen Tagen wird der König die Dirne verhören, die von sich behauptet, die echte Prinzessin zu Krötzingen-Waldegg zu sein“, flüsterte der Notar Kaltenegger dem Diener zu. „Was haltet Ihr davon, Eugen?“

„Ich wünsche, daß die Wahrheit siegt“, antwortete der Kammerlakai.

„Ihr seid der geborene Diplomat“, antwortete Kaltenegger. Dann eilte er die breiten Marmorstufen hinab.

24

Endlich bekam Franticek einen Termin bei Doktor Karl Zumtobel. Der Advokat war bereits ein betagter, schwerleibiger Mann, der massive, reichgeschnitzte Möbel liebte, Möbel aus dunkelbraunem, fast schwarzem Holz, so daß sein Büro düster und drohend wirkte.

Der Advokat ruhte in einem massiven Lehnsessel. Er hörte Franticek ruhig zu, manchmal machte er sich Notizen auf ein Blatt Papier, das vor ihm lag. Franticek erzählte Carolines ganze Geschichte bis zu ihrer Verhaftung. Er schloß: „Und nun bitte ich Sie, machen Sie Carolines Sache zu der Ihren!"

Doktor Zumtobel schwieg. Er schien zu schreiben, in Wahrheit kritzelte er Männchen auf sein Blatt.

Endlich sprach er. „Sie verlangen viel von mir, Herr Pavel! Diese Geschichte ist natürlich auch schon zu meinen Ohren gedrungen. Und ich gestehe, ich weiß nicht, was ich davon halten soll. Nur die Tatsache, daß meine Familie mit der Familie Helmbold freundschaftlich verbunden war, hat mich dazu veranlaßt, Ihnen überhaupt zuzuhören. Denn bedenken Sie, daß Ihre Geschichte äußerst phantastisch ist. Und Sie haben keinerlei Beweise außer einem angeblichen Tagebuch, das noch dazu verschwunden ist. Ihre Aussichten sind sehr schlecht."

„Aber Alexander Helmbold hätte Carolines Sache nicht zu seiner eigenen gemacht, wenn er nicht von ihrem Recht überzeugt wäre.“

„Das mag sein. Aber auch er kann irren. Und bedenken Sie, über welche Macht Fürst Miko von Krötzingen-Waldegg und seine Gattin verfügen. Seit sechzehn Jahren stehen sie ihrem Fürstentum vor. Man kennt sie im ganzen Königreich, sie haben zahlreiche einflußreiche Freunde bis hinauf in die höchsten Kreise. Sogar der König ist ihnen verbunden, denn sie beteiligten sich durch bedeutende Zuwendungen an der Neugestaltung des Parks von Schloß Nymphenburg. Es stehen ihnen fast unbegrenzte Geldmittel zur Verfügung, sie können sich alles kaufen ...“

„Sie meinen, die skrupellosesten Anwälte?“

„Nicht nur das“, war die Antwort. Ein verächtlicher Zug entstand um Doktor Zumtobels Mundwinkel.

„Ich verstehe nicht“, murmelte Franticek.

„Wie sollten Sie auch! Wir Advokaten erfahren vielleicht noch mehr als die Pfarrer im Beichtstuhl oder mindestens ebensoviel. Ich meine Zeugen! Geld schafft Zeugen und Zeugnisse. Es leben noch Diener aus der damaligen Zeit, nehme ich an. Diese stehen in den Diensten des Fürsten Miko und der Fürstin Herta. Denken Sie, sie werden gegen ihre Herren aussagen und ihre Existenz aufs Spiel setzen? Meinen Sie, der Kammerdiener, die Zofe, die Hebamme, der Lakai ..., wer auch immer, meinen Sie, diese wären nicht bereit, für eine gewisse Summe alles zu schwören, was von ihnen verlangt wird? Bedenken Sie, in was für ärmlichen Verhältnissen diese Menschen leben, wie sie fürchten müssen, im Alter verarmt dazustehen, ohne jede Hilfe. Nein, nein, Herr Pavel, die Verlokkung ist zu groß. Dagegen vermag der Reiz eines jungen Mädchens nichts!"

„Aber sie ist unschuldig und im Recht!" rief Franticek aufbrausend.

„So beruhigen Sie sich. Ich versuche nur, Ihnen die Schwierigkeiten klarzumachen. Ich kann Ihren Schützling nicht gegen die Macht des Fürsten zu Krötzingen-Waldegg vertreten, dazu reicht meine Kraft nicht."

Franticek senkte enttäuscht das Haupt.

Doktor Zumtobel überlegte lange. Dann sagte er, selbst nachsinnend, ob das möglich sei: „Ich könnte nur eines, und ich täte es nur Alexander Helmbold zuliebe. Leisten Sie öffentlich Abbitte, Sie alle, schwören Sie, daß Sie die Unwahrheit gesagt haben, daß Sie die Bedeutung Ihrer Worte nicht erkannt hatten. Caroline soll um Gnade flehen. Dann will ich für Sie eintreten. Und das wird schwer genug sein, denn die Fürstin Herta wird kaum Gnade vor Recht ergehen lassen. Sie ist sehr mächtig, und die Gerichte werden ihr nur zu gern gefällig sein. Auch der König hält nichts von der Verleumdung. Unterschreiben Sie gleich jetzt eine Erklärung. Wenn Sie alle Schuld auf sich nehmen, dann kann ich für Ihre Caroline mildernde Umstände erwirken und auf ihre Jugend und Unerfahrenheit verweisen!"

Franticek stieg Hitze zu Kopf. Gewiß war es dem

Anwalt ernst. Sicher würde es ihm gelingen, Caroline und Alexander aus ihrer schlimmen Lage zu befreien. Was spielte es da für eine Rolle, daß er, Franticek, dafür mit Sicherheit ins Gefängnis kommen würde. Es war ja überhaupt sonderbar, vermutlich ein Versehen, daß er noch frei herumlief. Ja, er hatte ihr Schicksal in der Hand, noch nie hatte er das so deutlich gespürt.

„Sie denken nach? Überlegen Sie gut", mahnte der Anwalt.

Franticek hielt es nicht auf dem Stuhl. Er trat ans Fenster, drehte Doktor Zumtobel den Rücken zu und blickte hinaus. Unten spielten Kinder mit Reifen. Kutschen und Kaleschen ratterten vorüber, Menschen drängten sich auf den Bürgersteigen. Alle waren heiter und unbeschwert, so kam es Franticek mindestens vor. „Wenn ich nur mit Caroline sprechen, wenn ich sie um ihre Meinung fragen könnte", murmelte er verwirrt.

Doktor Zumtobel hatte ihn verstanden. „Nein", sagte er. „Sie selbst müssen entscheiden, allein, denn Sie sind es ja auch gewesen, der die ganze Affäre in Gang gesetzt hat. Nur Sie können das Urteil abwenden."

„Aber all die Jahre, all der Kampf, alle Schrecken, alle Verfolgungen und Bedrohungen, soll das alles umsonst gewesen sein?" fragte Franticek gequält.

„Das hätten Sie sich früher fragen sollen", meinte Doktor Zumtobel. „Sie allein wissen, ob Sie für die Wahrheit gekämpft haben oder für einen Betrug!"

Da rief Franticek: „Nein!“ Er war empört und drehte sich heftig um. Er sah dem Anwalt ins Gesicht. „Nein und nochmals nein! Es war kein Betrug! Und jetzt erkenne ich klar, wie ich mich entscheiden muß. Ich werde nichts zurücknehmen! Ich kämpfe weiter!“

Da runzelte der Anwalt die Augenbrauen. Er meinte: „Sie haben sich entschieden? Gut! Ich verspreche nichts, aber ich werde sehen, ob sich eine Möglichkeit ergibt ... Ein Anhaltspunkt ... Der König hat mich ersucht, als neutraler Berater an der Verhandlung teilzunehmen. Aber erhoffen Sie nichts. Ich werde nur meinem Gewissen folgen!“

Franticek verließ den schweren Mann noch mit Zweifeln, aber doch mit einer kleinen Hoffnung.

Im Hotel fand er ein Schreiben der königlichen Kanzlei vor. Seine Bitte, Caroline und Alexander im Gefängnis besuchen zu dürfen, war abgelehnt worden.

25

Der Morgen war feucht. Der nächtliche Regen hatte die Zweige der Bäume mit Tropfen geschmückt, die wie Perlen im grauen Licht schimmerten. Aus der Rasenfläche vor dem Steinwürfel des Hauses, in dem Caroline und Alexander gefangengehalten wurden, stieg Dunst auf.

Das Torwärterhäuschen duckte sich unter den

Büschen. Vom Kirchturm schlug die Uhr. Sieben dunkle Töne kamen dumpf herüber, wie in Watte verpackt.

Die Wachen wurden abgelöst. Befehle erschallten und verwandelten sich in den Takt scharfklingender Schritte. So kamen die Soldaten für den Tag, und die der Nacht marschierten ab, jeweils ein kleiner Trupp.

Aber eines war heute anders als sonst. Ein Feldwebel trat zu Caroline und Alexander in die Kammer.

„Kleidet euch um", sagte er. Aus seiner Stimme war nichts herauszuhören, weder Drohung noch Ermunterung, nur der sachliche Befehl. Der Mann fuhr fort: „Nehmt eure besten Sachen. Ihr werdet heute vernommen. Wenn die Uhr neun schlägt, hole ich euch."

All die Tage hatte Alexander diesen Augenblick herbeigesehnt, mit dem das Ende der Ungewißheit eingeleitet wurde. Nun jedoch spürte er Sorge, sogar eine gewisse Angst. „Wohin?" fragte er.

„In die Residenz", war die knappe Antwort. „Ihr werdet Seiner Majestät höchstpersönlich vorgeführt." Der Feldwebel drehte sich um, ging und verschloß die Tür hinter sich.

„Folgen wir seiner Aufforderung, sie ist ein Befehl", murmelte Alexander. Caroline nickte. Sie suchte wortlos ihre Kleider aus dem Korb, Alexander seine. Beide zogen sich damit in ihre winzigen Schlafkammern zurück.

Alexander kehrte zuerst zurück. Er trug nun einen dunkelblauen Frack, dessen Schößchen in den Kniekehlen endeten. Die Kragenspitzen des gefältelten Hemdes reichten bis zu den Ohren. Sein leicht gelocktes, an den Schläfen ergrautes Haar war sorgsam gekämmt.

Er wartete geduldig auf Caroline. Viele Gedanken bewegten und bedrückten ihn. Als sie endlich in ihrer Kammertür erschien, atmete er auf. Ja, es war wie ein entzücktes Erschrecken. Er kannte sie nun schon so lange, ihr ganzes Leben hatte er begleitet, wenn auch mit Unterbrechungen, aber immer wieder war er von ihr betört. Sie trug ein betont schlichtes Kleid aus hellfarbigem Taft, das glatt an ihrem jugendlichen Körper herabfiel und ihn noch schlanker, noch zierlicher machte. Es war unmöglich, von ihr nicht bezaubert zu werden, und Alexander setzte dem keinerlei Widerstand entgegen.

Er schloß für einen Moment die Augen. Es hieß, einen klaren Kopf zu behalten, jetzt erst recht. Und trotzdem – es war vielleicht auch die rechte Stunde, Dinge auszusprechen, die man später nie wieder würde sagen können.

„Nun ist es soweit", erklärte er denn auch, indem er einen Schritt auf sie zuging und ihre Hand faßte. „Nun wird sich dein Schicksal entscheiden, liebste Caroline!"

„Und deines genauso", antwortete sie. „Ach, es ist mir arg, daß du meinetwegen leiden mußt."

„Was meinst du, Liebste?" War es Absicht, daß er dieses Wort ohne ihren Namen stehenließ, wodurch es noch mehr an Bedeutung gewann?

Sie antwortete: „Daß du vielleicht meinetwegen ins Gefängnis mußt. Wäre ich nur nie geboren worden! Dann wärest du von meinem Vater nicht zu meinem Vormund bestimmt worden, und du hättest nun ein Leben nach deinen Wünschen beginnen können. Du wärest gereist, die Welt stünde dir jetzt offen!"

„Das Leben hat mir ein viel größeres Geschenk gemacht", antwortete er. Seine Stimme klang dunkel, sie war erfüllt von warmem Gefühl.

„Ein größeres Geschenk?" Sie verstand nicht.

„Ja, Caroline", sagte er. „Ich meine dich. Du bist das schönste Geschenk, das mir Gott machen konnte. Ich möchte es für nichts auf der Welt hergeben. Und du sollst es einmal erfahren, daß ich für dich mehr fühle, viel mehr als ein Vormund für sein Mündel empfinden dürfte. Dies ist vielleicht der letzte, der einzige mir vom Leben geschenkte Augenblick, in dem ich es dir sagen darf, vielleicht sogar sagen muß."

„Der letzte Augenblick? Wie meinst du das?"

„Du weißt es. Vielleicht werden wir heute für immer auseinandergerissen. Vielleicht warten auf uns verschiedene Gefängnisse. Herta wird unbarmherzig sein, wenn ihr die Möglichkeit dazu geboten wird. Und unsere Sache steht nicht gut. Vielleicht werden wir uns nie wieder sehen!"

„Das kann ich nicht einmal denken, nein, das würde ich nie ertragen", rief sie. Sie sah ihn mit geweiteten Augen an. Ihre Hand ruhte in seiner, und er spürte ihre Zartheit.

„Ja, Caroline“, sagte er leise. „Wir müssen der Wirklichkeit ins Gesicht sehen. Und daß ich dich sehr lieb habe, ist eine Wahrheit, die du wissen mußt. Aber sie braucht dich nicht zu belasten. Ich liebe dich, und ich liebe dich schon lange. Du weißt es ja auch, denn du hast es oft gefühlt, und ich war immer glücklich, wenn ich spüren durfte, daß auch ich dir nicht gleichgültig bin. Ich sagte, es braucht dich nicht zu belasten, und das meine ich so, weil ich keine Frage an dich richte und du mir keine Antwort zu geben brauchst. Ich weiß, daß ich nicht der dir bestimmte Mann bin, ich weiß es nicht erst, seit Dietmar von Rauteneck in dein Leben getreten ist. Es gibt schöne Träume, für die man dankbar sein kann, auch wenn sie nie in Erfüllung gehen werden. Uns trennen zwei Jahrzehnte, Liebste ...“

„Früher dachte ich nie daran, daß uns das trennen könnte“, antwortete sie. „Als ich noch viel jünger war, habe ich sehr für dich geschwärmt. Immer fühlte ich mich zu dir hingezogen. Ja, ich habe dich heimlich geliebt. Und wer weiß, ob unsere Lebenswege nicht doch zueinander geführt hätten, wenn nicht Dietmar ...“

„Er paßt zu dir, es könnte nicht besser sein“, sagte Alexander. „Ich habe mich oft gefragt, ob ich ein so junges Mädchen wie dich zur Frau begehren darf. Es ist ja nicht nur, daß du zur Fürstin bestimmt bist, sondern auch, daß uns ein großer Altersunterschied trennt. Du wirst erst dreißig Jahre alt sein, wenn ich bereits fünfundfünfzig bin. Und wenn ich ein siebzigjähriger Greis bin, bist du erst fünfundvierzig."

„Aber es gibt viele Beispiele für ähnliche Ehen", sagte sie. „Und sie sind nicht die schlechtesten."

„Du hast recht. Und dennoch bin ich nun froh deinetwegen, wenn es mir selbst auch weh tut."

„Ja, es ist alles anders geworden. Ich bin auch froh, aber mein Herz ist zugleich doch zerrissen, denn mein Gefühl zu dir ist ja stark, und es ist keineswegs verblaßt. Das ist sonderbar, und es quält mich sogar ..."

„Aber es darf dich nicht quälen!"

„Dazu kommt meine Unsicherheit. Seit wir hier gefangen sind, habe ich nichts mehr von Dietmar gehört."

„Es wird sich aufklären, gewiß, er hat gute Gründe!"

„Aber daß er so völlig schweigt ... Das macht mich doch unsicher. Er hätte mir doch irgendein Zeichen geben können. Hat er sich vielleicht doch von mir abgewandt?"

„Kein Mann kann sich von dir abwenden", rief Alexander. „Das ist unmöglich! Aber wenn er es doch getan hat, wenn er dir jemals Schmerz zufügen sollte, dann werde ich ihn dafür zur Rechenschaft ziehen, so wahr mir Gott helfe!" Er legte seinen rechten, freien Arm um sie und zog sie an sich. Sie widerstand nicht. Er beugte sich zu ihr herab, ihre Lippen berührten sich, sie erwiderte seinen Kuß.

Doch er schreckte zurück: „Was tue ich!" murmelte er.

Verwirrung der Gefühle! In diesem Moment trat

der Feldwebel ein, gefolgt von Soldaten. Es gab stampfenden, klirrenden Lärm.

„Auseinander! Eine Liebesszene, das fehlte noch!" rief der Mann. „Hinaus! Der Wagen wartet!"

26

Der Wagen mit den vergitterten Fenstern nahm den Weg in die Münchner Innenstadt. Caroline und Alexander gegenüber saßen der Feldwebel und zwei Wächter. Sie ließen ihre Häftlinge nicht aus den Augen. Caroline hielt ihren Blick gesenkt.

Das ungefederte Fahrzeug rumpelte über das Kopfsteinpflaster. Mehr als eine halbe Stunde verging so. Endlich hielt man vor dem Hintereingang der Residenz. Alexander und Caroline wurden über die Treppe in einen geräumigen Raum geführt. Dort brachte man sie zu Stühlen, die etwa in der Mitte aufgestellt worden waren, und zwar vor einem schmalen Tisch, der fast die ganze Breite des großen Zimmers einnahm. Hinter seinem Mittelplatz stand ein unbesetzter, gepolsterter Stuhl mit hoher Lehne und vergoldeten Verzierungen.

Rechts daneben saß ein älterer, etwas beleibter Herr, in dem Alexander Doktor Zumtobel, den Advokaten, erkannte. Er grüßte mit einem Kopfnicken.

Doktor Zumtobel erwiderte den Gruß mit Zurückhaltung.

An der linken Seite des goldenen Stuhles, der wohl für die königliche Majestät bestimmt war, hatte ein würdiger Mann in Uniform Platz genommen. Seine Brust war mit Orden geschmückt. Es war Feldmarschall Fürst Wrede. Er schaute Alexander nur kurz an, dann blieben seine Augen auf Caroline haften, und zwar länger, als er es beabsichtigt hatte. Es war, als könne er sich nicht von ihrem Anblick lösen. Er verschränkte die Finger ineinander und saß völlig unbewegt, während sein Gesichtsausdruck nachdenklicher wurde. Und wirklich murmelte er, für alle anderen jedoch unhörbar: „Bei Gott, nun verstehe ich den Jungen!"

Wiederum zu seiner linken Seite saß ein Geistlicher, der Erzbischof, den der König gebeten hatte, diese Verhandlung unter den Schutz des Allerhöchsten zu stellen. Auch er schwieg und schaute auf eine Bibel vor sich. Und er schwieg auch weiterhin – bis zum Schluß, als er aufgerufen wurde.

Gegenüber dem Tisch, weiter hinten, an den rechten und linken Wänden des Raumes, standen ebenfalls Stühle. Rechts hatte die Fürstin Herta Platz genommen, neben ihrem Gatten, Fürst Miko, der ungewöhnlich blaß war und von einem Diener gestützt wurde, da er sich offenbar kaum aufrecht zu halten vermochte. Manchmal bemühte sich auch ein älterer, sehr würdiger Herr um ihn, fühlte ihm den Puls, sprach ihm beruhigend zu und ließ ihn die scharfduftenden Dämpfe eines Tuches einatmen, das mit krampflinderndem Kräutersud getränkt war.

Hinter den Fürstlichkeiten hatten sich andere Adlige und hochgestellte Persönlichkeiten des Königreiches Bayern versammelt. Man erkannte dort leicht Fürst Iwan Borowsnikof an der Binde über dem linken Auge. Auf der anderen Seite dieser Stuhlreihe, von ihm weit entfernt, hatten die Eltern Dietmars, Freiherr von Rauteneck und seine Gattin, Platz genommen, ein schlicht, aber würdig gekleidetes Ehepaar, das sich unsicher umblickte. Die beiden wußten nicht, aus welchem Grunde sie hierherbestellt worden waren. Sie kannten das Mädchen Caroline ja nicht und waren außerdem sehr besorgt, weil sie von ihrem Sohn schon längere Zeit keine Nachricht mehr erhalten hatten. Auch hier fanden sie ihn nicht, aber das hatten sie erhofft.

Den Adligen gegenüber, auf der linken Seite also, hatten die Diener des Fürsten und der Fürstin zu Krötzingen-Waldegg ihren Platz, unter ihnen Eugen, der Kammerlakai, dem man seine Jahre ansah. Neben ihm rückte die Huberin, die Kinderfrau, unruhig auf ihrem Stuhl, in der ersten Reihe saß Franticek Pavel, nicht weniger unruhig und sehr blaß. Schon früh am Morgen hatte er die Theatinerkirche aufgesucht und Gott um Gerechtigkeit angefleht, nur um Gerechtigkeit, um nichts, aber auch gar nichts anderes, nicht um Gnade, nicht um ein Geschenk, nicht um eine Vergünstigung, nur um Gerechtigkeit.

Neben Franticek hatte sich der Notar Nepomuk Kaltenegger eingefunden, den Herta von ihrem gegenüberliegenden Platz über die Weite des Raumes hinweg verwundert, sogar etwas ungehalten anschaute. Wieso war er überhaupt gekommen? Und wieso saß er nicht in ihrer Nähe, zu ihrer Unterstützung? Er, Kaltenegger, gab mit keinem Zeichen zu erkennen, was er dachte, er blickte stumm auf den Fußboden, als wenn ihn das Muster des Parketts fesselte. Sein schmales Gesicht war undurchdringlich, auch Franticek konnte ihm nichts entnehmen, nicht einmal zu einem Zeichen des Wiedererkennens hatte sich Kaltenegger herabgelassen.

Lange Zeit blieb nicht, die Leute zu mustern, denn kaum waren Caroline und Alexander zu ihren Stühlen geführt worden, kaum hatten sich Soldaten hinter ihnen aufgestellt, die derben Hände auf ihren Stuhllehnen, da wurde die breite Tür rechts im Hintergrund geöffnet. Ein Lakai stieß seinen Stab auf und meldete: „Seine Majestät, der König!"

Alle erhoben sich. Es ging ein Rauschen durch den Saal von Kleidern und Stoffen, ein Rücken der Stühle. Es war aber auch wie ein Aufatmen.

König Maximilian I. Ludwig trat ein, schlicht gekleidet, er ging schnell zu seinem Platz, wie wenn er alles geschwind hinter sich bringen wollte. Und das war auch seine Absicht. Er begrüßte die Herren an seinem Tisch, Feldmarschall Fürst Wrede, den Erzbischof und Doktor Zumtobel, der sich tief verbeugte, mit einem flüchtigen Nicken. Dann ließ er sich auf seinem Sessel nieder. Er begann die Verhandlung sofort. Er musterte Alexander und fragte: „Ihr seid Alexander Helmbold?"

„Der bin ich, Majestät!“

„Es ist gut, daß Ihr Vater Sie hier nicht sehen muß“, sagte der König, und darin lag bereits eine Verurteilung. Doch dann fuhr er fort: „Und neben Ihnen, das ist also Caroline Pavel, von der Sie vorgeben, daß Sie Ihr Mündel, also des verstorbenen Fürsten Sigbert zu Krötzingen-Waldegg einzige Tochter sei, seine Erbin und die legitime Prinzessin mit dem Anspruch auf den Fürstenthron.“

„So ist es, Majestät!“

„Alexander Helmbold, ich will Ihnen die Möglichkeit geben, Ihren Kopf zu retten. Kommen Sie zur Besinnung. Erklären Sie, daß alles nur ein törichter Scherz gewesen ist, den Sie bereuen. Dann will ich mich dafür einsetzen, daß man Ihre Strafe mildert, Ihren Eltern zuliebe, die ich schätzte.“

„Das ist unmöglich. Ich kann es nicht, Majestät!“

„Sie können nicht?“

„Nein, Euer Majestät, denn es wäre die Unwahrheit! Caroline ist die Prinzessin!“

„Aber das ist doch eine zu abenteuerliche Behauptung, die noch dazu das Ansehen höchster, mir sehr lieber Untertanen beschädigt, und zwar schwer beschädigt. Alexander Helmbold, falls es Ihnen nicht gelingt, das zu beweisen – wovon ich überzeugt bin –, drohen Ihnen empfindliche Strafen, Ihnen sowie dem von Ihnen zu dieser Hochstapelei verführten Mädchen, das wohl noch zu jung ist, um die Tragweite seiner Handlungen zu erkennen. Täuschen Sie sich darin nicht! Auf Sie beide warten Gefängnismauern.

11 4941-12

Über das Strafmaß werden meine Richter entscheiden, sobald Ihre Schuld endgültig erwiesen ist. Bedenken Sie, ich könnte Sie jetzt schon hinter Gitter bringen lassen, denn ich bin von Ihren Verfehlungen überzeugt. Daß auch Napoleon sich für das Mädchen einsetzte, hat mich in meiner Ansicht noch bestärkt. Von diesem Manne konnte nur Übles kommen. Wenn ich Ihnen trotzdem noch Gelegenheit gebe, sich zu rechtfertigen, dann nur deshalb, weil ich geschworen habe, der Gerechtigkeit zu dienen, so wahr mir Gott helfe."

Der König drehte sich Fürst Wrede zu: „Feldmarschall, ich sehe Ihren Fähnrich Dietmar von Rauteneck nicht. Er hatte doch einen Auftrag! Wo ist er?"

„Majestät, er war ungehorsam, und ich wollte ihn bestrafen. Er bat mich jedoch um die Gelegenheit, sich zu rechtfertigen, die ich ihm gewährte. Seitdem ist er unauffindbar. Ich vermute, daß er flüchtig ist."

„So wird er aus meiner Armee ausgestoßen", erklärte der König hart. „Hat er mit der Lügnerin gemeinsame Sache gemacht?" Es war ihm anzusehen, daß ihn dies noch mehr erbitterte.

Die Eltern Dietmars schauten sich betroffen an. Welch ein Unglück! Sie hatten keine Erklärung für das Verhalten ihres Sohnes, der sich anscheinend sein ganzes Leben verdorben hatte. Tröstend legte der Vater die Hand auf die der Mutter und murmelte: „Es wird sich aufklären!"

Sie flüsterte: „So Gott will!"

Der König sprach wieder zu Alexander: „Nun reden Sie, womit wollen Sie Ihre Behauptung begründen?"

„Es gibt verschiedene Beweise. Zunächst erkläre ich, daß der Säugling in der Wiege gegen ein totes Kind vertauscht wurde, welches danach als die angebliche Tochter des Fürsten Sigbert mit seiner Durchlaucht begraben wurde", führte Alexander unerschrocken aus.

„Haben Sie dafür Zeugen?"

„Lächerlich", ließ sich Herta von hinten vernehmen.

Alexander sagte: „Ich verweise auf Franticek Pavel."

„Er soll vortreten und reden."

Franticek erhob sich. Er schritt rasch durch den Saal und verneigte sich vor dem König. Sein Gesicht war blaß, aber entschlossen. Im Vorbeigehen hatte er Caroline mit einem Blick gestreift, der Zuversicht und Ermunterung ausdrücken sollte.

Der König ließ ihn schwören, nur die reine Wahrheit zu sagen. Franticek tat es, ohne zu stocken.

Dann befahl ihm der König zu reden.

Franticek begann. „Im Jahr 1799, als Caroline geboren wurde, war ich Diener bei Fürst Sigbert."

„Ihr seid aus Böhmen geflüchtet?"

„Majestät, ich verteidigte die Ehre eines jungen Mädchens!"

„Das scheint Eure Spezialität zu sein", antwortete der König scharf. „Aber das steht jetzt nicht zur Debatte. Sprecht weiter."

„Es war so, daß Baron Miko und seine Gemahlin, die Baronin Herta, vor sechzehn Jahren, unverzüglich nach ihrer Ankunft auf dem Schloß, noch in der Nacht vor der Beisetzung des alten Fürsten, in höchster Eile und Aufregung in die Orangerie kamen und von mir verlangten, ich solle ihnen zwei Pferde satteln. Ich tat es. Zu dieser Stunde lebte der Säugling im Schloß noch.“

„Woher wißt ihr das?“

„Von der Kinderfrau Huber.“

„Wir werden sie nachher befragen. Weiter!“

„Die Fürstlichkeiten ritten noch in der Nacht aus und schärften mir ein, daß ich niemandem davon erzählen solle. Ich bekam einen Golddukaten, sehr viel Geld für einen so einfachen Dienst. Die Herrschaften blieben mehr als eine Stunde fort. Später brachte ihre Hoheit Fürstin Herta die beiden Pferde in den Stall zurück. Ich wunderte mich, daß sie allein mit beiden Tieren kam und daß Fürst Miko sie nicht begleitete.“

„Und weiter? Das ist alles nicht aufschlußreich!“

„In dieser Nacht war ich sehr unruhig, die vielen Gäste, die Arbeit, die Aufgaben, die mich am nächsten Morgen erwarteten, all das trieb mich um. Zu meiner Entspannung ging ich noch einmal in den Park. In dieser Nacht stand der Mond als schmale Sichel am Himmel. Damals wie heute gab es viel Gesindel, das in der Finsternis um die Häuser strich, Gauner, Diebe, Einbrecher, sogar Mörder. Als ich daher Schritte hörte, verbarg ich mich hinter Bäumen. Da sah ich einen Mann, es war gewiß kein Dieb, er kam aus dem

Schloß, er war in einen Mantel gehüllt, er ging leise, wie ängstlich, geduckt. Aber an seinem Hut blitzte etwas ..."

„Was blitzte an seinem Hut?"

„Es war das silberne Wappen. Ich wußte, daß nur Fürst Miko, der aber damals noch kein Fürst war, ein solches Wappen am Hut trug! Er ging, wie wenn er nicht gesehen werden wollte. Und er hatte ein Bündel auf dem Arm. Einmal hörte ich ein leises Geräusch, es war wie eine Kinderstimme. Ich dachte, es wäre vielleicht ein Tier. Und gleich war es auch wieder still."

„Das alles bedeutet noch nichts. Überlege doch, warum hätte denn der Mann, in dem du Fürst Miko erkannt haben willst, und zwar nur an einem blitzenden Gegenstand am Hut, warum hätte er den Säugling erst fortbringen sollen? Es wäre doch viel leichter gewesen, ihn gleich im Schloß zu ersticken, wenn er ihn schon beseitigen wollte."

„Gewiß, aber das wäre dann Mord gewesen, und davor scheute er wohl doch zurück. Den lebenden Säugling jedoch gegen das tote Kind der geistig verwirrten Häuslerin Elsbeth zu vertauschen belastete das Gewissen weit weniger."

„Das mag sein. Ich denke aber, du hast die Geschichte nun schon so oft erzählt, daß du deine eigene Phantasie für Wahrheit hältst. Wie willst du denn erfahren haben, daß die Kinder vertauscht worden sind?"

„Meine Frau hat es mir erzählt. Ich heiratete nämlich die Elsbeth, die Häuslerin. Sie war zwar manchmal verwirrt, aber eine gute Frau. Ich hörte ihr ungewollt einmal zu, als sie vor der Mutter Gottes in der Kapelle unter den drei Pappeln betete. Da dankte sie der heiligen Maria dafür, daß diese zu ihr gekommen sei, als ihr Kind gerade verstorben war. Sie sei gekommen, die Mutter Gottes, im Strahlenkranz, und habe ihr Kind wieder zum Leben erweckt. Da wußte ich, daß die Mutter Gottes in Wahrheit die Fürstin Herta gewesen war, mit ihrem blonden Haar und den goldenen Diademen darin ..."

„Der Mann phantasiert", ließ sich Herta vernehmen.

„Fürstin, wir sind dabei, das aufzuklären", wies sie der König milde zurecht und fragte Franticek: „Du sagst selbst, daß deine Frau manchmal verwirrt war!"

„Und auch wieder nicht, Majestät. Sie war so klar bei Verstand, daß sie ihren Irrtum schmerzlich erkannte, als ich sie darauf hinwies. Da mochte sie nicht weiterleben."

„Sie starb? Auf welche Weise?"

„Sie zündete die Kapelle an und verbrannte darin."

„Eine Brandstifterin also!"

Jetzt hielt es Herta nicht mehr auf ihrem Sitz. Sie erhob sich ein wenig und rief: „Verzeiht, Euer Majestät, aber das ist eine Geschichte wie für den Jahrmarkt, für die Bänkelsänger, eine Moritat! Weiter nichts! Das gemeine Volk hat eine Vorliebe dafür, solche Märchen zu erfinden und zu hören."

„Fürstin, Sie haben später Gelegenheit, sich zu äußern", entgegnete König Maximilian. Herta ließ sich wieder nieder. Miko aber kämpfte mit einem Schwächeanfall. Der Arzt nahm sich seiner an, während Herta nur einen verächtlichen Blick für ihren Gemahl hatte.

Der König wandte sich wieder Franticek zu: „Die Fürstin hat recht“, sagte er, „das ist noch kein Beweis. Wie dem auch sei – Sie wollen Ihren Verdacht damals gleich Alexander Helmbold mitgeteilt haben?“

„Ja, Majestät, nach der Beerdigung des Fürsten Sigbert und des vertauschten, toten Säuglings sprach ich ihn am Grab an.“

„Und er riet Ihnen zu schweigen?“

„Ja, Majestät. Auch er vermochte eine so schwere Anschuldigung nicht gleich zu glauben.“

„Wie wurde er anderen Sinnes?“

„Endgültig wohl erst, als er die Eintragung im Tagebuch gelesen hatte, und Kaiser Napoleon ...“

„Den Gott für seine Sünden gestraft hat!“

„... und sich der französische Kaiser selbst von der Wahrheit überzeugte, als er sich das Muttermal auf Carolines Schulter zeigen ließ.“

„Er hat sich Sand in die Augen streuen lassen“, murmelte König Maximilian. „Ich weiß davon, denn er schrieb mir damals einen unverschämten Brief, in dem er mich mit ‚Mein Bruder‘ anredete. Einen Beweis sehe ich darin nicht! Wie soll denn bewiesen werden, daß der Säugling, die Tochter Fürst Sigberts, wirklich ein Muttermal hatte?“

Jetzt meldete sich der Advokat Doktor Zumtobel zum ersten Mal zu Wort: „Ich bitte untertänigst um

Vergebung, Majestät, darüber könnte vielleicht die Kinderfrau Huber Auskunft geben!"

„So soll sie kommen und aussagen. Ihr könnt Euch solange wieder setzen, Franticek Pavel."

Franticek verneigte sich. An seiner Stelle kam die Huberin, ein zitterndes Bündel in weiten Kleidern. Sie warf einen scheuen Blick auf die Fürstin Herta, den diese mit Kälte erwiderte.

Der König ließ auch die Kinderfrau schwören, die Wahrheit zu sagen. „Nun redet", befahl er danach, indem er seine Augen auf sie heftete.

„Ach, Majestät, es war so, daß ich mich allein um den Säugling kümmern mußte, nachdem die Fürstin Amalia-Caroline selig im Kindbett verstorben war."

„Und war das Kind gesund?"

„Ganz gesund, Euer Majestät!"

„In der Nacht, als die Säuglinge vertauscht worden sein sollten, habt ihr da etwas Besonderes bemerkt?"

„Ich wachte vor der Kammer, in der die kleine Caroline schlief."

„Ihr seid also nicht mit ihr im gleichen Zimmer gewesen?"

„Nein, Majestät."

„Und was sonst?"

„Es war schon spät, da kam Ihre Hoheit, die Fürstin Herta, zu mir. Sie brachte mir Rotwein. Ich wunderte mich darüber, denn das war mir noch nie geschehen. Sie forderte mich auf zu trinken, und zwar gleich, vor ihren Augen."

Doktor Zumtobel, der Advokat, meinte: „Ich hätte

eine Frage an die Frau, Majestät?"
„So fragt!"
Der Anwalt wandte sich an die Huberin: „Und wie schmeckte der Wein? Habt Ihr etwas Außergewöhnliches bemerkt, etwa einen Beigeschmack?"
„Nun, ja ... gewiß, der Wein erschien mir sauer, sogar bitter, das ist wahr."
„Wie will die Frau wissen, wie Wein schmeckt", warf Herta verächtlich ein. „Sie trinkt ja sonst nur Himbeersaft."
„Das ist wahr", murmelte die Huberin. „Ich kenne mich mit Wein nicht aus. Ich habe ja kein Geld dafür", schloß sie, wie um sich zu entschuldigen.
Jetzt sprach Doktor Zumtobel direkt die Fürstin Herta an, über den Saal hinweg: „Und warum brachtet Ihr der Frau den Wein, Durchlaucht?"
Diese empfand die Sachlichkeit seiner Frage als Schärfe und reagierte empfindlich: „Warum sollte ich nicht? Ich wollte ihr etwas Gutes tun!"
Doktor Zumtobel nickte: „Das war alles, Majestät."
Nun sprach der König zur Huberin. „Das bringt uns also auch nicht weiter. Was war danach, als Ihr den Wein getrunken hattet?"
„Ich weiß es nicht mehr, Majestät. Ich schlief ja fest, ich schlief so tief, wie ich glaube, noch nie geschlafen zu haben. Ich schlief bis in den Morgen hinein."
„Und das tut Ihr sonst nie?" warf Zumtobel ein.
„Aber nein, Herr, ich erwache gewöhnlich mit dem ersten Sonnenstrahl."

„Und als Ihr nun so ungewöhnlich spät erwachtet, an diesem Morgen, nachdem Ihr den Wein mit dem bitteren Geschmack getrunken hattet, da habt Ihr entdeckt, daß der Säugling tot in seiner Wiege lag."

„Ja, Herr! Es war schrecklich. Ich gab mir ja selbst die Schuld daran, daß er erstickte, eben weil ich so fest schlief und deshalb vielleicht sein Schreien nicht gehört hatte!"

„Es beweist wohl nichts, aber nehmt es immerhin zu Protokoll, wenn es Euch wichtig erscheint", forderte der König Doktor Zumtobel auf. „Nun aber etwas anderes", sagte er, indem er sich wieder an die Huberin wandte. „Ich komme noch einmal auf dieses Muttermal zurück: Wenn Ihr es heute wieder zu sehen bekämet, könntet Ihr dann erkennen, ob der Säugling dasselbe trug?"

Die Huberin zögerte, sie wand sich. Sie wollte sich nicht festlegen, sie fürchtete Hertas Zorn. „Ich weiß nicht, Majestät ... Das könnte ich erst sagen, wenn ich es vor Augen hätte ..."

„So soll das Mädchen seinem Rücken entblößen", befahl König Maximilian. Es lag Ungeduld in seinen Worten. Er deutete auf Caroline. „Ich hoffe, daß wir danach ein Ende machen können."

Die zwei Soldaten traten hinter den Stühlen vor und packten Caroline an den Oberarmen, um sie nach vorne zu ziehen. Aber Caroline warf den Kopf in den Nacken, schüttelte die groben Hände ab und trat selbst, aufrecht, vor den König. Dieser hatte sie bisher immer nur flüchtig angeschaut, nun erschrak er doch vor ihrer Schönheit, die durch ihre Kühnheit und Unerschrockenheit noch gesteigert wurde. Es war wie ein Aufflammen.

„Nun, Demoiselle ...“, murmelte Maximilian, wider Willen höflich.

„Wie Ihr befehlt“, erwiderte Caroline. Sie trat noch näher, warf ihren Haarschopf nach vorn über das blasse Gesicht, drehte dem König ihren Rücken zu, neigte sich ein wenig vornüber und riß ihr Kleid mit einem Ruck im Nacken entzwei. Sie zog die beiden Teile auseinander, so daß ihr schmaler Rücken mit dem Schmuck der Wirbel sichtbar wurde.

Der König beugte sich zu ihr, über den Tisch. Er neigte sich über das Zeichen auf Carolines Schulterblatt, das ein wenig nach links versetzt war, dieses Zeichen in Form einer Krone mit fünf Zacken.

„Das ist freilich ungewöhnlich“, murmelte er. Er wandte sich an die Kinderfrau: „Nun?“

Die Huberin schwieg.

„Nun?“ fragte der König befehlend.

„Ja ...“, stotterte sie. „Es ist ... Aber es könnte natürlich auch anders sein ... Ich weiß nicht, Majestät ...“

„Hatte die Tochter des Fürsten Sigbert dieses Mal?“ drängte der König.

Die Huberin drehte sich, sie knickste. Sie murmelte: „Es kann wohl sein, aber die lange Zeit ... dazwischen ...“

„Natürlich“, erwiderte der König. „Es sind sechzehn Jahre vergangen.“

„Das Kind war noch sehr klein, und das Mal war ja

ebenfalls winzig", murmelte die Huberin.

„Es war also doch ein Mal da! Und Ihr meint, man hätte es leicht mit einem Leberfleck oder einer anderen Veränderung der Hautfarbe verwechseln können?"

Die Huberin knickste und schwieg. Dann murmelte sie: „Aber vielleicht weiß Eugen ..."

„Wer ist Eugen?"

„Der Kammerlakai, Euer Majestät. Er war der Leibdiener seiner Durchlaucht, des Fürsten Sigbert."

„So soll er reden!"

Eugen kam. Aber er sprach nur von Gerüchten, die immer schon unter der Dienerschaft im Schloß verbreitet worden waren und nie verstummten.

„Gerüchte", rief der König unwillig. „Was fangen wir damit an?" Er sagte zur Kinderfrau: „Ihr könnt gehen."

Die Huberin war froh, entlassen zu sein. Unsicher, ob sie ihre Sache recht gemacht habe, schaute sie keinen an, nicht Herta, nicht Caroline, sie blickte auf den Boden und kehrte an ihren Platz zurück.

Der König winkte seinem Leibarzt, der sich vom Stuhl neben Fürst Miko erhob und näher kam. Dann schritt der König um den Tisch herum zu Caroline und forderte Doktor Zumtobel auf, ebenfalls zu ihm zu treten. Alle drei beschauten das feine Mal auf Carolines Schulter.

Herta setzte sich erneut über jede Form hinweg und rief: „Aber auf jedem Jahrmarkt kann man sich solche Muster in die Haut ätzen lassen!"

„Ist das möglich, Doktor?“ fragte der König seinen Arzt.

„Mit Verlaub, Majestät, dies wäre jedenfalls keine der gewöhnlichen Tätowierungen, wie sie in allen Häfen ausgeführt werden. Es wirkt auf mich wirklich eher wie ein natürliches Mal. Allerdings ...“

„Allerdings?“

„Allerdings will ich nicht ausschließen, daß ein sehr geschickter Arzt, natürlich kein Jahrmarktskünstler, sondern ein ausgebildeter Chirurg, doch in der Lage sein könnte, so etwas künstlich zu erzeugen. Und besonders Paris ist berühmt für meisterhafte Operateure.“

„So wäre das also kein unwiderleglicher Beweis?“

„Ein Beweis ... Nun, das Zeichen hat sicher seine gewisse Beweiskraft“, murmelte der Arzt. „Es könnte mich überzeugen ...“ Er schaute, fuhr mit der Fingerspitze über das Muttermal, dann blickte er zur Fürstin Herta und Fürst Miko hinüber und erklärte: „Aber unwiderleglich ... ganz unwiderleglich ist es vielleicht doch nicht!“

„Aber das spielt doch wohl sowieso keine Rolle?“ erklärte Herta schrill. „Schließlich gibt es doch nicht den geringsten Beleg dafür, daß die Tochter von Fürst Sigbert überhaupt ein Muttermal gehabt hat!“

Jetzt erhob sich Alexander von seinem Stuhl. Er sagte: „Verzeihung, Majestät, aber den gibt es.“

„Und wo ist er?“

„Er steht in dem Tagebuch, das der verstorbene Fürst Sigbert seiner Tochter hinterlassen hat.“

„Das Tagebuch ist verschwunden", rief Herta mit kaum unterdrücktem Triumph.

„Fürstin, es ist vielleicht nicht gänzlich verschwunden", widersprach Alexander. „Wir hatten es noch in Paris in den Händen. Dann allerdings wurde es von der Polizei beschlagnahmt. Ein Freund, Baron de Montalembert, versprach dafür zu sorgen, daß wir es wiederbekommen. Wenn wir darauf warten, wie es für eine Sache von solcher Bedeutung wohl angebracht wäre, könnte ich es gewiß vorlegen, allerdings nicht heute, bedauerlicherweise. Gestattet mir nur, nach Paris zu reisen, gebt mir diese Frist!"

„Unmöglich! Ich weiß genau, daß das Tagebuch nicht mehr existiert!" rief Herta.

Da richtete sich Caroline auf. Sie warf ihren Haarschopf zurück in den Nacken, und mit einem durchdringenden Blick forderte sie vom Notar Nepomuk Kaltenegger die Wahrheit ein. Kaltenegger, ein Bein über das andere geschlagen, den Oberkörper und den Kopf in schlängelnder Bewegung, wurde unruhig unter diesem Blick.

„Nun reden Sie, Herr Notar, wie Sie es oftmals versprochen haben!" rief ihm Caroline zu. „Sie wissen, was von Ihrem Wort abhängt!"

Kaltenegger blickte kurz zu Boden. Es war, wie wenn er sich vom Sog ihres Blickes befreien wollte. Aber dann stand er doch auf, trat einige Schritte vor, und – sich windend – erklärte er: „Die Prinzessin Caroline hat recht ..."

Der König fuhr auf: „Die Prinzessin?"

„Ich nenne sie so, Majestät, weil ich die Wahrheit kenne. Ich kann bezeugen, daß das Tagebuch vor kurzem noch existierte. Ich selbst brachte es ihr nach Wien, ich selbst war dabei, als die Prinzessin die Worte ihres Herrn Vaters selig las ..."

„Wie kann das sein? Sie lügen!" rief Herta, die ja der Meinung war, sie hätte das Tagebuch eigenhändig verbrannt. „Das Tagebuch des Fürsten ist unauffindbar. Außerdem enthielt es gewiß nur persönliche Erinnerungen des Fürsten. Es ist auch nicht anzunehmen, daß er eine Notiz über ein angebliches Muttermal hineingeschrieben hat, denn er starb ja selbst ganz kurz nach der Geburt seiner Tochter – und wenige Stunden später war auch dieses Kind tot."

„Durchlaucht, Sie irren", erklärte Kaltenegger. „Das Buch, das Sie von mir bekamen, das Sie so dringend von mir einforderten, um es zu vernichten, war nur eine Abschrift. Ich stellte sie selber her, in mühseligen Stunden. Zuvor ließ ich eine genaue Kopie des Bandes von einem Buchbindermeister in München herstellen, der sich vielleicht sogar noch daran erinnert. Ich befolgte damit den letzten Willen seiner Durchlaucht, des Fürsten Sigbert. Seine Tochter Caroline sollte das Tagebuch an ihrem vierzehnten Geburtstag bekommen. Dafür habe ich gesorgt, nur dafür, und für nichts anderes."

Herta war totenbleich geworden. Daß das Tagebuch noch existierte, wenn es auch nicht hier im Raum war, brachte sie fast aus der Fassung. Schlimmer noch ging es Fürst Miko. Er war einer Ohnmacht nahe, und der livrierte Diener neben ihm vermochte kaum, ihn aufrecht zu halten.

Auch an dem König ging diese Eröffnung nicht spurlos vorüber. Er wußte nicht recht, was er damit anfangen sollte, denn sie belastete die Fürstin Herta ja schwer. Er wurde aber einer Antwort enthoben.

Eine der breiten Türen, die sich dem Tisch des Königs genau gegenüber befand, flog auf. Zwei Männer stürzten herein, staubig und erschöpft von einem langen, stürmischen Ritt.

„Dietmar!“ rief Caroline mit Jubel in der Stimme.

„Fähnrich von Rauteneck“, murmelte Feldmarschall Fürst Wrede, und es war nicht zu erkennen, ob er befriedigt war oder ob er ihn tadeln wollte.

Die Eltern des Freiherrn sahen sich froh an, während Fürst Iwan seine Wut kaum unterdrücken konnte.

Franticek murmelte: „Baron de Montalembert ...“

„Hier ist das Tagebuch!“ rief Dietmar. „Ich hoffe bei Gott, wir kommen noch nicht zu spät!“ Er hielt das grüngebundene Buch frohlockend über seinen Kopf.

„Jetzt hast du die Möglichkeit, dich zu rechtfertigen, Junge“, sagte der Feldmarschall Wrede, unwillkürlich ins vertrauliche Du verfallend, womit er doch ausdrückte, wie froh er über diese Wendung war.

„Verlieren wir keine Zeit“, rief der König. „Wer erkennt in dem Buch das des Fürsten Sigbert?“

„Ich, Majestät“, erklärte Kaltenegger. „Ich nehme es auf meinen Eid!“

„Dann öffnet und lest die Stelle vor, die sich auf das Muttermal bezieht“, befahl der König.

Kaltenegger nahm Dietmar das Buch aus der Hand. „Wo ist der Schlüssel?“ fragte er.

Dietmar reichte ihn ihm. Kaltenegger schloß auf und öffnete. Die Eintragung, die er suchte, stand auf der letzten beschriebenen Seite. Er fand sie leicht. Danach reichte er das Buch dem Advokaten Zumtobel, der sich darüber beugte und laut vorlas: „Meine liebe Tochter. Du bist nun alt genug, daß ich Dir ein kleines Geheimnis verraten kann. Ich habe es selbst nur durch Zufall entdeckt, als Dich Deine Kinderfrau badete. Auf Deiner Schulter, zwischen den beiden Schulterblättern, aber etwas nach links versetzt, trägst Du ein deutliches Muttermal. Es soll Dich immer an Deine liebe Mutter erinnern, denn auch diese trug dieses seltene Zeichen – was aber nur ich wußte. Es hat die Form einer kleinen braunen Krone mit fünf Zacken. Sicher hat kein anderer Mensch ein solches Mal und ganz gewiß nicht am gleichen Ort. Ich möchte, daß Du weißt, daß dieses Mal Dich mit Deiner Mutter verbindet, und daß Du stolz darauf sein kannst, meine kleine Caroline, Prinzessin zu Krötzingen-Waldegg.“

Eine Pause des Staunens, ja der Ergriffenheit trat ein. Der König murmelte: „Das ist allerdings ... Wir haben das Muttermal eben gesehen ...“

Da hielt es Herta nicht mehr an ihrem Platz, sie stand auf und kam nun selbst nach vorn. Sie wußte, sie mußte mit dem letzten Einsatz kämpfen, denn

12 4941-12

nun ging es um alles, vielleicht sogar um ihr Leben. Ihr Schritt war straff und energisch. Und jeder, der sie so sah, konnte sich dem Reiz ihres Anblicks nicht entziehen. Sie war wie eine grelle Flamme der Empörung – aber eben doch auch eine hinreißende Frau mit blondem, üppigem Haar. Sie erkühnte sich und legte eine Hand auf den Arm des Königs.

„Majestät!“ rief sie. „Majestät – dies ist eine Verschwörung, eine Verschwörung auch gegen Euch! Diese Männer, der Notar Kaltenegger eingeschlossen und vielleicht sogar der Advokat Zumtobel, haben sich miteinander verschworen. Sie wollen diese Dirne nur deshalb zur Fürstin machen, um das Vermögen an sich zu reißen und es dann unter sich aufzuteilen.“

„Fürstin ... Aber das Tagebuch!“ erwiderte der König.

„Alles Fälschung!“ rief sie.

Er sah sie lange an. „So steht Aussage gegen Aussage“, erklärte er. „Fürstin Herta, können Sie schwören ...“

Da ließ sich Herta auf die Knie nieder und suchte Halt am Arm des Königs. Sie hob die rechte Hand zum Himmel. „Reicht mir eine Bibel!“ rief sie.

Der König winkte. Nun trat der Erzbischof vor, sein Gewand rauschte, er hielt ihr die Bibel hin. „Meine Tochter“, sagte er mahnend, „bedenke, was du tust! Wenn du einen Meineid schwörst, begehst du eine schwere Sünde vor Gott!“

Doch sie legte ihre zum Schwur geformte Hand auf das heilige Buch mit dem goldenen Kreuz und verkündete: „Ich schwöre bei Gott dem Allmächtigen, ich schwöre bei allem, was mir heilig ist, ich schwöre bei der ewigen Seligkeit, daß ich die reine Wahrheit sage. Das Tagebuch ist eine Fälschung, das Mädchen ist eine abgefeimte Lügnerin, und ihre Helfershelfer sind Verbrecher. Dort sitzt der wahre Fürst zu Krötzingen-Waldegg“, sie deutete zu Miko hinüber, der jetzt von zwei Dienern gestützt wurde. Sie fuhr fort: „Nur ihm stehen Thron und Krone zu.“

„Dieser Schwur wiegt schwer“, murmelte der König.

Da näherte sich ihm Louis de Montalembert, der bisher geschwiegen hatte. „Majestät“, sagte er, „aber ich kann bezeugen, daß diese Dame, die sich Fürstin Herta nennt, mich dafür bezahlen ließ, das Mädchen zu töten, mit viel, mit sehr viel Geld!“ Er deutete auf den Mann mit der Binde über dem linken Auge in den Reihen der adligen Zuschauer: „Dabei bediente sie sich dieses Lumpen, der sich Fürst nennt und damit prahlt, er habe Napoleon töten wollen. Dabei galt sein Schuß Caroline selbst!“

Fürst Iwan erbleichte und duckte sich unwillkürlich. Seine Augen suchten den Ausgang. Er dachte an Flucht, unterließ sie nur, weil er fürchtete, dabei noch mehr aufzufallen.

„Wie?“ rief der König. „Das wäre gewiß ein Verbrechen, das gesühnt werden muß. Aber daß die Fürstin eine lästige Lügnerin beseitigen wollte, ist noch kein Beweis dafür, daß diese die Wahrheit sagte.“

Baron de Montalembert schaute Caroline an. „Majestät“, sagte er dabei, „wie immer Ihr entscheidet, auch wenn Ihr das Mädchen verurteilen solltet, ich halte zu ihm." Er trat noch näher zu ihr, suchte ihre Hand und ergriff sie. „Caroline, ich bitte dich, werde meine Frau – Baronin de Montalembert. Komm nach Frankreich, vergiß dies alles hier wie einen bösen Traum!"

„Ach, Louis", antwortete sie. „Ich habe ja schon gewählt!" Sie löste ihre Hand behutsam aus seiner und streckte sie Dietmar hin, der sie an seine Lippen zog.

Der König blickte von einem zum anderen. „Diese Schönheit behext offenbar alle", murmelte er. Man sah ihm an, daß er bewegt war, man sah ihm aber auch an, daß er noch nicht restlos überzeugt war und mit sich rang. Vor ihm kniete Herta, die er zeit seiner Herrschaft als Fürstin kannte, und sie hatte bei Gott und ihrer ewigen Seligkeit die Wahrheit ihrer Worte beschworen. Einen solchen Eid kann auch ein König nicht einfach wegwischen.

In diesem Augenblick des Zweifels, in dem alles auf Messers Schneide stand, geschah das Unerwartete.

27

Fürst Miko, wenn auch mit leiser Stimme, befahl den beiden Dienern neben sich: „Hebt mich empor!" Es lag etwas ungewöhnlich Drängendes in seinen Worten. „Stützt mich, ich will stehen!"

Fast erschrocken schoben die Lakaien den gebrechlichen Mann empor, ihre Hände unter seinen Achselhöhlen. Er stand schwankend, raffte seine letzten Lebenskräfte zusammen. Was er sagte, war fast nur ein Flüstern, aber da alle im Saal gebannt schwiegen und kein anderer Laut zu hören war, verstand man ihn dennoch. „Hochwürdigster Herr", redete er den Erzbischof an. „Ihr kennt mich! Meine letzte Stunde ist gekommen. Ich spüre, daß ich bald vor meinen höchsten Richter treten werde. Helft mir! Ich will die Beichte ablegen."

„Hier, mein Sohn?" war die erstaunte Frage.

„Hier, und in aller Öffentlichkeit", erwiderte Miko.

„Aber er ist krank, er fiebert, er spricht irre", bäumte sich Herta gegen das Schicksal auf, jetzt schon zitternd, denn sie ahnte, daß ihr Spiel an sein Ende kam und verlorenging.

Der Erzbischof trat zu Fürst Miko. „Ich höre, mein Sohn!"

„Es ist alles wahr, was das Mädchen sagte", hauchte dieser. „Ich selbst war es, der die Säuglinge vertauschte, den lebenden gegen den toten. Aber sie stiftete mich dazu an." Er deutete mit bebenden Fingern auf Herta. „Caroline ist die wahre Prinzessin zu Krötzingen-Waldegg. Gott sei mir gnädig!"

Er sank zusammen. Die Diener vermochten ihn nicht mehr zu halten. Der Leibarzt des Königs bemühte sich um ihn. Man bettete ihn auf die Stühle. Danach trugen ihn Lakaien ins Nebenzimmer. Der Erzbischof nahm sich seiner an.

Er hatte nur noch wenige Minuten zu leben.

Der König stand schweigend. Er schaute auf Herta hinab, die vor ihm kauerte, nun auch zusammengebrochen. Dann suchten seine Augen Caroline.

Alle waren verstummt, denn alle warteten auf seine Worte.

„Dies ist wahrhaftig ein Gottesurteil", sagte er endlich. Er wandte sich Herta zu: „Ihr seid verdammt! Ihr habt betrogen, Ihr habt einen Meineid geschworen! Ihr habt Mörder gedungen. Auf Euch wartet der Tod!"

Doch da widersprach Caroline. „Nein, Majestät, nicht der Tod", sagte sie mit klarer Stimme. „Einmal, ein einziges Mal, als sie mich hätte töten können, hat sie mich verschont. Damals habe ich geschworen, es ihr zu danken. Dieser Augenblick ist nun gekommen. Ich bitte um ihr Leben!"

Der König schaute sie erstaunt an. „Das ist wahrhaftig fürstlich ... Nach allem, was Euch angetan wurde! Ich kann nicht grausamer sein als Ihr. So verbanne ich sie denn aus München, aus Bayern. Man schaffe sie mir aus den Augen! Mag sie mit Iwan Borowsnikof in Paris ihr Glück versuchen. Auch er ist des Landes verwiesen!"

Die Soldaten, die eben noch Caroline bewacht hatten, waren rasch zur Stelle, und genauso rasch hatten sie Herta aus dem Saal geführt. Sie leistete kaum Widerstand. Iwan Borowsnikof folgte fluchtartig.

Der König stand in sich versunken. Er war sichtlich bewegt. Caroline und Dietmar hielten sich umschlungen. Da trat Maximilian zu ihnen, legte seine Hand auf Carolines Schulter und bat: „Caroline, Prinzessin, verzeiht einem alten Mann, wenn er die Wahrheit nicht gleich erkannte."

„Ihr erfülltet nur Eure Pflicht", antwortete sie.

Er war gerührt. „Ich setze Euch in all Eure Rechte ein", erklärte er.

„Ich bin Ihre treue Untertanin, Majestät", antwortete sie.

Die Huberin kniete nieder und versuchte, die Hand Carolines an ihre Lippen zu ziehen. „Euer Durchlaucht, Fürstin Caroline", murmelte sie, während der Kammerlakai Eugen eine tiefe Verbeugung machte und ihr die Ergebenheit der gesamten Dienerschaft versicherte.

Feldmarschall Fürst Wrede schlug Dietmar auf die Schulter: „Meinen Glückwunsch, Leutnant!" Und dieser neigte sich zu Caroline, indem er sie enger an sich zog: „Willst du mich?"

„Was fragst du", antwortete sie. „Schon vom ersten Augenblick an."

Dietmars Eltern kamen, sie waren verwirrt vor Glück, der Vater küßte Caroline behutsam, ja scheu auf beide Wangen und murmelte: „Meine liebe Tochter", während die Mutter ihren Sohn in die Arme schloß.

Dann dankte Caroline Kaltenegger, sie dankte Doktor Zumtobel, sie bat Franticek: „Bleibe bei uns! Wir brauchen dich sehr!"

Er nickte nur, er hatte Tränen in den Augen.

Caroline umarmte Alexander. Ihre Lippen öffneten sich leicht, aber er legte ihr die Hand auf den Mund. „Es ist alles gesagt, Liebste", murmelte er. „Nun werde ich das tun, was ich immer schon wollte ... Ich werde reisen ... Die Welt sehen ... Ferne Länder ..."

Sie wußte, daß er traurig war.

Aber er meinte tapfer: „Tausend Wunder warten auf mich! Ich möchte jetzt nicht hierbleiben, du wirst das verstehen. Später wieder ..."

„Und du, Louis", fragte Caroline den Baron de Montalembert. „Machst du mir die Freude, unser Trauzeuge zu sein?"

„Du verlangst viel, sehr viel", murmelte er. „Aber schließlich ist es besser, Zeuge deines Glückes zu werden, als dich im Elend zu sehen. Mit Freuden also, Fürstin!"

„Und ich bitte um die Gunst, Euer zweiter Trauzeuge sein zu dürfen", bat der König.

Da strahlte Caroline ihren Souverän so an, daß ihm das Herz aufging. Doch gleich darauf flog ein Schatten über ihre Züge. „Aber was ist mit Paul?" fragte sie.

„Wenn er will, kann er mit mir kommen", schlug Alexander vor.

„Das glaube ich kaum", meinte Franticek. „Ich bekam gestern einen Brief von ihm aus Bern. Er möchte nach Wien zurückkehren, um die Hand von Annemirl anhalten und die Meisterprüfung ablegen."

Der König ließ sich erklären. „Der Zar wird ihn begnadigen", meinte er. „Ich verbürge mich dafür. Paul soll unbehelligt und frei leben können. Wenn die beiden jungen Leute das wollen, dann lade ich ihn und Annemirl ein, nach München zu kommen und hier eine königliche Hofkonditorei zu eröffnen, die erste ihrer Art. Das fehlt uns schon lange."

Kaltenegger sprach Caroline an: „Durchlaucht, vergeßt nicht, mir jene hundert Gulden zurückzugeben, die ich Euch lieh, als Ihr Waldeggsdorf verlassen mußtet, damals, vor sechs Jahren." Er zog ein eng mit Zahlen beschriebenes Papier aus der Tasche. „Es sind inzwischen mit Zins und Zinseszins einhundertundfünfundsiebzig Gulden daraus geworden!" Er lachte dabei.

Caroline sagte herzlich-schnippisch: „Ich werde es nachprüfen lassen, Herr Notar."

Dann aber hatte sie nur noch Augen für Dietmar, und Dietmar hatte nur noch Augen für sie.

Der König winkte den anderen. Leise zogen sich alle zurück. Und während sie gingen, fragte der König Kaltenegger: „Wie wäre es, Herr Notar, möchten Sie nicht Diplomat im Dienst der bayerischen Krone werden? Einen Mann wie Sie könnte ich gebrauchen."

„Euer Majestät machen mich überglücklich", antwortete er.

28

Vierzehn Tage später standen die Kutschen in langen Reihen vor Schloß Waldegg, auf den Alleen und unter den Bäumen, mit geduldigen Pferden, bis zum Abend, bis in die Nacht hinein. Musik ertönte, und hinter allen Fenstern strahlten Kerzen.

IRMA KRAUSS

Katharina, 15 Jahre

Katharina ist auf dem Weg, erwachsen zu werden. Und manchmal überlegt sie: wie Mutti wohl mit fünfzehn war? Ob sie sich damals auch für Jungs interessiert hat? Katharina hat einen besonderen Grund für diese Fragen: Als sie für vier Tage ins Krankenhaus muß, begegnet ihr Günther . . .